LA PART DU FILS

Jean-Luc Coatalem est écrivain et rédacteur en chef adjoint au magazine *Géo*. Auteur d'une vingtaine d'ouvrages, il a publié notamment *Je suis dans les mers du Sud*, un essai sur Paul Gauguin, prix des Deux Magots 2002, *Le Gouverneur d'Antipodia*, prix Roger-Nimier 2012, *Mes pas vont ailleurs*, consacré à Victor Segalen, prix Femina Essai 2017, et, dernièrement, *La Part du fils*, prix Jean-Giono 2019, finaliste aux prix Goncourt et Renaudot.

Paru au Livre de Poche :

La Consolation des voyages

Le Dernier Roi d'Angkor

Fortune de mer

Le Gouverneur d'Antipodia

Il faut se quitter déjà

Je suis dans les mers du Sud

Mes pas vont ailleurs

Nouilles froides à Pyongyang

JEAN-LUC COATALEM

La Part du fils

ROMAN

STOCK

ISBN : 978-2-253-10190-1 – 1re publication LGF

Pour mon père

Nous ne sommes que la mémoire que nous avons.

José Saramago

1

C'est un canot de quatre mètres cinquante, dont ils ont hissé la voile rouge, une brise les pousse au large, le père et les fils.

C'est un mois de juillet sur la presqu'île de Crozon, elle a une forme de dragon, nous l'appelons familièrement Kergat.

C'est un été comme les autres, ils font d'invraisemblables balades à pied au fil des falaises, dépassant la pointe à l'à-pic du fort, pour longer les anses aux fougères jusqu'au cap aux Mouettes ou bien, à l'inverse, ils empruntent le chemin des douaniers pour se baigner sur les plages de l'est, ils rejoindront plus tard Lucie, la grande sœur, et Jeanne, la maman, sur le front de mer de la station où ils louent à l'année une maisonnette derrière les quais, Kergat est à peine à une heure de Brest, c'est un second chez-eux, Kergat est à nous.

C'est un jour tranquille, l'Iroise montre ses verts durs et ses bleus tendres que l'onde fait gonfler, l'air sent bon, il n'y a pas foule, juste quelques automobiles place de l'église ou devant l'hôtel des Sables, sa façade d'établissement thermal, et dans la verdure ces quelques villas assoupies, elles ont fière allure avec leurs bow-windows et leurs vérandas, un côté Daphné Du Maurier un peu figé.

C'est un été sur la péninsule armoricaine, qu'importe qu'il pleuve, qu'il vente, les éclaircies sont généreuses, ils se baigneront dans la darse ou ils iront explorer pour la centième fois la grotte Absinthe qu'il faut forcer avec le flux pour rejoindre ses entrailles, un théâtre de reflets qui s'ouvre sur trente mètres de large, là aussi voilà un secret, le secret des falaises, il règne dans cette cavité une semi-obscurité, l'eau y est fraîche, les voix résonnent, les respirations font de la buée entre les parois, et alors que leurs jambes ne sont plus que des pointillés mobiles, ils ont la sensation d'être immergés dans l'instant même, pris dans le miel des photons et des reflets, autant dire l'éternité, l'éternité de Kergat…

C'est une Bretagne qui ne changera pas, un pays d'enfance, où il y aura toujours la flottille des bateaux, les cageots de maquereaux sur le môle, parfois un couple d'espadons et une fratrie de pieuvres emmêlées, la forêt des pins, ces criques qu'il faut atteindre en se laissant glisser par une corde, une baie où l'été lui-même vient se reposer, immuable, en même temps qu'eux, dans cette presqu'île qui est comme une île, et ces cinq-là sont à part sur la broderie des landes, presque intouchables, du moins le croient-ils jusqu'au début de la guerre, avant que ne viennent les heures acérées, les heures mauvaises, celles qui blessent et tuent. En attendant, ils clignent des yeux dans le soleil.

2

Paol est né en 1894, à Brest. Il vient d'une famille finistérienne où les hommes sont généralement employés à l'Arsenal, la base militaire et navale. Il a fait la Première Guerre. Il a épousé Jeanne. Trois enfants, Lucie, Ronan et Pierre, mon père. Officier de réserve, il a été muté en Indochine, dont il est rentré en 1930. Dans le civil, il a travaillé ensuite pour une imprimerie et dans une entreprise de construction. Puis, comme la plupart des Français, il a été mobilisé de nouveau, en 1939, au grade de lieutenant.

Je ne l'ai pas connu. Parti trop tôt, trop vite, comme si le destin l'avait pressé. Mais il nous reste sa Bretagne à lui qui est devenue la nôtre.

Sous le régime de Vichy, une lettre de dénonciation aura suffi. Que contenait-elle exactement ? Personne ne l'a su. Au 1er septembre 1943, Paol a été arrêté par la Gestapo. Il sera conduit à la prison brestoise de Pontaniou. Incarcéré avec les politiques et les « terroristes ». Interrogé. Puis ce sera les camps, en France et en Allemagne. Rien n'arriverait plus jamais à l'en faire sortir, à l'en faire revenir…

Des années après, en dépit du temps passé, j'irais à la recherche de mon grand-père. Comme à sa rencontre.

3

Alors tout partait de là, un mercredi de septembre 1943, une fin d'été, sur un scénario que je me disais plausible, et les scènes à Plomodiern, ce bourg à l'orée de Kergat, s'enchaînaient dans leur logique cinématographique, avec la voiture luisante, les ordres et les coups, les types de la Gestapo qui avaient dû le menotter, pas le genre à se laisser embarquer comme ça, non, et ils l'avaient emmené en le poussant devant eux, vite, jouant sur la surprise, lui pâle comme un linge et eux pressés, brutaux, glissant par le perron, le jardin au palmier, celui dont Paol disait qu'il rappelait l'Indochine, en réduisant leur intervention pour éviter qu'un attroupement ne se forme dans la rue de Leskuz, un chemin élargi au sommet d'une colline, autour de ces deux villégiatures, deux bâtisses identiques et accolées, blanches aux volets gris, érigées par un entrepreneur de Quimper pour ses filles jumelles, avec un tel souci de symétrie qu'on avait l'impression d'une image dédoublée ou d'un bégaiement visuel, seul le palmier à gauche les différenciant peut-être, et sans plus attendre la traction vert foncé avait pris le virage du haut, poussé son accélération vers le Menez-Hom, cette montagnette qui ouvre et ferme la presqu'île, dépassé les haies pour disparaître derrière les cyprès dominant la colline, le visage tuméfié de Paol appuyé contre la vitre mouchetée de boue. Voilà.

J'imagine encore. Pierre a douze ans… En compagnie d'un camarade qui l'attend derrière la grille, il va aller jouer sur la grève, il a franchi le jardin de la maison, admettons celle de gauche encore engourdie par la nuit, et puis, en se retournant, il assiste à la scène, impuissant, tétanisé. Il voit sa mère s'accrocher au groupe, Jeanne d'habitude si réservée, s'interposer entre les policiers, les retenant, les suppliant peut-être, au point que Paol allait finir par lui crier d'aller téléphoner à Châteaulin, à l'ami Yvon, celui-là avait de l'entregent à la préfecture, c'était le moment, et tandis qu'on le poussait à l'arrière de la Citroën, le Français et le gestapiste devant, lui avec le troisième homme, le plus costaud, à l'arrière, du sang coulait de sa bouche, du nez, imbibait sa chemise, formait une demi-lune poisseuse, la tache s'élargissant, rouge magnétique, qui souillait la banquette, et, abasourdi par son arrestation, Paol ne distinguait plus bien les formes, les masses, tout était devenu flou, amplifié et grossi, sa main menottée à la poignée de portière pendait comme chose idiote, et l'autre type de lui refiler un dernier coup de poing, salopard de terroriste, c'est qu'il finirait par lui dégueulasser sa voiture de fonction !

Ensuite, ce sont plusieurs semaines d'angoisse à Brest derrière les murs grêlés de Pontaniou, quartier de Recouvrance, la semi-pénombre du cachot, la tension, l'écho des rondes rythmant les heures, les allers-retours entre deux gardiens, la paillasse, la crasse, la solitude ahurissante comme si le monde des vivants continuait sans lui, au-dehors, dans un monde plus vrai, c'était le cas. Les nuits aussi sont difficiles, trop courtes ou trop longues, quand la panique vous baratte le ventre. À l'aube, on distribuait le jus dans le quart en fer passé par la porte, un quignon de pain à partager. Puis les interrogatoires se succédaient à Notre-Dame-de-Bonne-Nouvelle, côté Lambézellec, l'« antre » de la Gestapo, et celui qui avouerait ou viendrait à trahir s'en irait, contraint et forcé, avec les « schupos » arrêter les camarades…

Lors d'un passage à Brest, je m'y rendrai à mon tour pour arpenter les lieux désaffectés – la prison existe encore, rouillée, juchée sur son promontoire –, rôder devant les murailles embarbelées, inspecter les ruelles en me demandant ce que Paol avait pu apercevoir de sa lucarne de cachot. Le chenal ? La mer ? La presqu'île de Kergat, en face ? Ou le ciel cendré, posé sur les toits comme un couvercle de trappe ?

Désormais, Paol est un ennemi du Reich, un indésirable. On lui a retiré ses papiers, ses lacets, sa ceinture. Sur la paillasse, il ne cesse de recomposer les derniers instants, son cerveau ayant tout enregistré, il *voit* enfin la scène, y traquant en vain quelque chose, un indice : les pas dans la cour, la sonnerie, son nom prononcé derrière la porte, les sbires qui se ruent, cette narcose vénéneuse filtrant de partout, avec lui au milieu, en accéléré entre les plans ralentis, c'était son cœur qui battait fort, il est ceinturé dans la Citroën, la portière claque, il traverse le bourg, croise une section de soldats allemands en colonne, et puis deux gars au seuil d'une ferme, un copain sur son vélo au croisement, un autre plus âgé qui guette par la fenêtre en angle du café d'Ys, tout le village sera au courant, la voiture descend jusqu'à l'Aulne pour franchir le pont, le bruit du moteur coupe en deux les champs et les futaies en attaquant une nouvelle côte, il a un mal de tête atroce, sa main est insensible comme du marbre, et le ruban d'asphalte par la lunette arrière est devenu sa vie débobinée tant les virages se répètent et s'évanouissent, il n'y a pas de héros, il doit oublier le réseau, ils vont si vite, un accident serait préférable à ce qui l'attend, et après le dernier croisement le panneau fléché « BREST » lui oppresse soudain la poitrine et l'affole…

4

Brest est notre cassure, la sienne, la nôtre, la capitale du séisme, Brest est ce qui nous reste, l'eau s'est refermée, le mystère a été bu. « Informer, c'est déjà trahir », murmurait-on durant la guerre. Nous ne parlerons jamais de la disparition de Paol, c'est un « blanc » dans nos conversations, nous évitons ses états de service, ses garnisons, jusqu'à ses adresses à Saigon, à Brest et à Kergat.

Longtemps, je ne sus quasiment rien de lui hormis ces quelques bribes arrachées, ces miettes. Elles menaient toutes au gouffre de l'Allemagne nazie. L'album photo nous était soustrait, pas le moment, pas la peine, une autre fois. Pareils à ces mandarins subalternes de la Chine ancienne, qui ne devaient souiller de leurs lèvres le nom illustre de l'empereur, nous laissions du vide entre nos mots dès qu'il s'agissait de lui. Nous avalions notre salive. On n'ajoutait rien. Certains paysages et ce prénom feraient défaut ; il y avait des trous dans nos cartes géographiques, les itinéraires, les faits. La douleur, serinait-on, n'était jamais sujet.

Dans les archives de la mairie de Plomodiern, où, entêté, contournant l'omerta, j'avais quand même cherché, puisque c'est là qu'avait eu lieu l'arrestation, les gros cartonniers remisés à l'étage évoquaient plutôt des stratifications calcaires, des éléments fossiles. Un monde ancien avalé par le néant et la poussière. À l'évidence, ce qui n'avait pas été microfilmé n'avait plus de réalité… Gentiment, l'ancien secrétaire, monsieur Armand, dont on m'avait donné le numéro de téléphone, avait pris le temps de me rencontrer car il avait « connu la guerre », il m'avait donné rendez-vous sur la place de l'église, puis dans un café-tabac aux abords, m'apportant la photocopie de la déclaration de décès de Paol, sur laquelle il avait pu mettre la main. Rien d'autre pour moi. Dommage. Mais, comme j'insistais, le vieil homme était revenu sur deux ou trois faits de cette année-là, rien de saillant à dire vrai, lui-même n'ayant pas de souvenir de ce micro-événement de 1943, il n'était qu'un novice, l'affaire n'était sans doute pas passée par les services de la mairie, et je compris qu'il ne voulait pas s'en mêler, il avait pris sa retraite depuis longtemps, le patelin était minuscule et les familles liées, il ne manquerait plus qu'un petit-fils veuille en découdre avec un autre au début de l'été, un peu absurde, et puis à quoi bon remuer tant d'horreurs et de vieilleries ? Non, le mieux aurait été d'interroger les descendants du docteur Vourc'h, l'ancien maire, résistant dès la première heure, et puis aller fouiller dans d'autres registres, à Quimper, aux archives départementales, plus loin, plus tard, préfecture et services de police, à Paris ou en Allemagne, mais sans espoir, le temps avait fait son travail de râpe et de sape…

Pour ce que j'en ai su, Pierre n'aura revu son père qu'une fois, en septembre ou octobre 1943. Une visite exceptionnelle à la prison brestoise. Main dans la main avec Jeanne, espérant grappiller quelques informations, ils avaient franchi ensemble le portail, la cour, pour retrouver entre les portes métalliques, à la garde des matons, un Paol abattu, sale, barbu, le visage abîmé, qui, en un sursaut, dut l'encourager – garde courage, occupe-toi bien de maman, il n'y a plus que toi –, avant d'être ramené à la nuit des geôles. Mais que pouvait faire ce môme dévasté, innocent et victime de la guerre des hommes ? Cette vision aura marqué Pierre à jamais, l'onde de choc le bouleversant des années après. Son mutisme faisait coupe-feu. Non, personne n'irait plus loin que ce rempart dressé contre sa peine puisque, derrière, l'univers s'était effondré. Et les autres devraient faire avec ça. Ou plutôt sans.

*

Lors des transferts, il arrivait qu'il y ait des « fuites », et les familles se pressaient alors aux abords de la prison, puis se regroupaient, tôt le matin, pour apercevoir ceux qui étaient poussés vers les wagons. Fin octobre, on en comptait cette fois une trentaine, liés deux par deux, certains amochés, des communistes, des « terroristes », des saboteurs, peut-être des réfractaires au Service du travail obligatoire, la donne avait changé, le Reich vacillait fin 1943, il lui fallait des esclaves pour ses mines et ses usines, et pas question de laisser à la traîne des éléments subversifs… Ce jour-là, les épouses et les mères qui avaient attendu toute la nuit, certaines avaient dormi là, dans les squares, voulurent s'accrocher à eux, émietter la file, en soustraire un corps, un visage ou, en passant à travers les mailles, donner du pain, des lunettes, un lainage. Mais, sur le parvis, les gendarmes s'interposèrent, formant un cordon ; pour les tenir à distance, ils les repoussèrent de la crosse ferrée de leur mousqueton, ordre de la préfecture, des Allemands.

En ce début d'automne, l'air du large fait trembler ce qui reste du feuillage des arbres ; les darses scintillent. Jamais les marronniers de l'allée ne lui ont paru aussi frémissants, une goutte de lumière sur chaque feuille. Descendu de l'autocar réquisitionné, Paol est attiré par le plan d'eau et les unités qu'il recompte par réflexe (sur une mer d'huile, des bateaux gris métal, plats, comme découpés sur une plaque de tôle), mais les deux énormes navires de guerre ont levé l'ancre, les sous-marins de la Kriegsmarine, tapis dans leurs abris bétonnés, ont pris le relais et ravagent l'Atlantique. En face, la masse longiligne de Kergat se découpe avec ses pins et ses isthmes, il la boit des yeux pour qu'elle reste intacte en lui…

J'ai pris cent fois mon train à la gare de Brest, et

cent fois les mêmes images me sont revenues : lentement, les détenus pénètrent dans le hall, arrivent sur le quai et, en bout de ligne, montent dans un wagon à portière latérale, accroché à un convoi de marchandises, au milieu des cris, des pleurs, des mots brefs. Lorsqu'ils se hissent sur la plate-forme, chacun d'eux lance un regard, un nom à la cantonade et quelqu'un, parfois, répond dans la cohue. Quand reviendront-ils ? Ils s'enfoncent, voûtés dans l'ombre. Sur les flancs du wagon, des mains tambourinent en signe de protestation, mais ce bruit qui aurait voulu enfler comme le tonnerre, saturer le train, se propager, se répandre dans les rues, couler sur les boulevards, le port, ce bruit d'alerte, de peur et de désespoir, s'il avait pu donner des remords aux cheminots, n'empêchera pas que le convoi parte à l'heure, qu'il file sur Landerneau, Rennes et Paris, que son « chargement » rejoigne la gare Montparnasse, le camp de Compiègne où les hommes seront fichés et numérotés.

Il n'y a plus rien à faire. Tout se calme sur le quai rincé. La porte a grondé sur sa glissière, le wagon a été cadenassé. Des vantaux d'aération, grillagés exprès, ne montent plus qu'un piétinement, des râles, parfois des papiers pliés en quatre jetés avec des noms, des adresses, des « merci de prévenir madame X… ».

Six heures trente, en ce matin du 20 octobre. Coup de sifflet déchirant l'air. Une des mères tente de se jeter sous la locomotive pour l'arrêter ; deux soldats la rattrapent sur le cailloutis, la soulevant par les bras. Le train s'ébranle. Les rails s'en vont devant, plein est, des cailloux luisent sur le ballast. Au loin, déjà, le convoi s'amenuise. Les militaires refluent, fusil à la bretelle, mission accomplie. Sur le parvis, le moteur en surchauffe de l'autocar cliquette. On voit la mer à droite. Bleu intense. Et la presqu'île, ligne ondulée, qui tremble. Un mirage.

À Kergat, le nom de Paol est inscrit sur la liste des victimes de la guerre dans la nef de l'église. Au cimetière, il est gravé en lettres dorées sur le caveau familial qui ne le contient pas. Dans les allées ratissées, ce cône de granit, posé au-dessus d'un vide, est notre amer.

5

Tout se serait figé comme ciment. Au mieux, on se contentera de murmurer la légende, son calme noir, sans gratter le vernis, des mots sonores comme des médailles : résistant, déporté politique, disparu en Allemagne, mention honorifique de « *Mort pour la France* ». Comment évoquer à table ou au salon, au moment du café et des cigarettes, la sinistre villa Ti-Lann de Plomodiern, Brest où nous n'allions plus guère, et les camps de concentration, que j'allais découvrir un à un, Buchenwald, Dora et Bergen-Belsen ?

Paol était l'œil du cyclone. Par loyauté, prudence ou indifférence, chacun évitait ce passé révolu, ce deuil inachevé. Comme ma mère, une tante éloignée, deux improbables cousines, belles-filles et petits-enfants avaient pris aussi le pli. À quoi bon tisonner ce qui restait douloureux ? Et ce Saigon colonial, quel fantasme ! Et tant pis ou tant mieux si la vérité qui affleurait paraissait plus complexe, composite. Mais ce que nous ne savions pas me hantait, moi, et ce qui était tu, effacé ou presque, m'ordonnait encore. Qui était Paol, qu'avait-il fait ? Pourquoi donc étais-je travaillé par cet « avant » ?

Interne dans divers établissements religieux du Finistère, puis sorti de Saint-Cyr, Pierre, lui, ne s'en était jamais remis. Tout juste nous aura-t-il lâché un peu de son enfance saccagée, la morsure des dimanches pensionnaires, la veilleuse bleue des dortoirs au-dessus des cauchemars, l'odeur humide des préaux, cette dévastation initiale que le temps n'entama pas. Il lui avait fallu être ce fils courageux qui dut porter le poids de l'absence sur ses épaules, grandir quand même, et que les heures de la Libération ne libéreront pas, creusé par ce gouffre, au final le constituant, sans soupçonner que sa souffrance serait un jour, pour moi, son aîné, un appel. Il était devenu cet homme fiable, taciturne, mesuré en tout. Un père sur qui on pouvait compter, présent parmi les absents, tenace dans les incertitudes, mais qui ne demandait rien, ne s'apitoyait jamais ni sur les autres ni sur lui-même. Taiseux, surtout. J'aimais cette photo encadrée dans le bureau où, rajeuni de soixante ans, coupe en brosse, il porte sabre et casoar, cet extravagant shako à plumet blanc et rouge. « Calme, en avant et droit », la devise des cavaliers, aurait pu être la sienne. La guerre d'Algérie l'avait marqué d'autant qu'il avait failli y laisser sa peau. Nos séjours solaires, Polynésie et Madagascar, l'avaient ensuite ébloui, subjugué. Il nous avait emmenés dans ses bagages découvrir le monde. Nous l'admirions comme des fils leur père.

Pour lui, toutefois, les drames s'étaient succédé : à la disparition de Paol s'était ajouté le décès de Lucie, la grande sœur, emportée par une pneumonie. De son côté, Ronan, son frère, avait « coupé les ponts » après avoir rejoint clandestinement Londres, en 1943, trois semaines avant l'arrestation de Paol. Il referait surface des années plus tard. Agent du contre-espionnage dans les Forces françaises libres, membre du corps expéditionnaire en Indochine, puis officier de Légion, ce soldat avait été engagé partout, caché sous un pseudonyme. Pas le genre de crabe à desserrer les dents ou à raconter quoi que ce soit s'il n'en avait pas envie. Il paraissait vouloir rester en marge. Qu'aurait-il eu à expliquer à son neveu transi par ce qu'il pressentait ? Armée de terre. Armée du taire.

*

Je comprenais la peine énorme de mon père. Il s'était forgé avec elle, il avait dû composer avec la déflagration originelle. Elle le constituait. La vérité d'un homme, ce peut être aussi sa souffrance. Mais même si elle était insoluble, insécable, jamais partagée, elle pesait sur moi par contrecoup. Ce poids de mémoire close était devenu le mien. J'en restais meurtri, dépossédé de ma propre histoire. Qu'aurais-je pu faire sinon la remonter, l'éclaircir et la raconter ? Écrire comme un travail de deuil. Une effraction et une floraison. Une respiration entre deux apnées.

Quant à ma grand-mère brestoise, Jeanne, je l'avais très peu connue, nous la voyions rarement, elle mourut alors que je n'étais qu'un garçonnet. Nous vivions à l'étranger, dans des garnisons lointaines. Je me rappelle des visites cérémonieuses où tout manquement à la politesse nous aurait coûté cher, prolongées selon un protocole immuable par une entrevue avec deux tantes subalternes, à Kergat. Elle nous impressionnait : pâle, beaucoup de maintien, une croix en or au cou, ceinte dans un châle ou une veste en tricot, des mains transparentes. Une beauté poussée au bord de l'abîme. Veuve de guerre à quarante-deux ans, croyante, dure avec elle-même, elle semblait prise derrière ses yeux d'améthyste dans des rêveries dont nous n'évaluerions jamais ni les tourments ni les bornes. N'avait-elle pas aussi perdu Lucie, sa fille ? Revenir vers les hiers et les autrefois aurait ravivé sa douleur, et nous ne le voulions pas. Pourtant, en sourdine, nous nous interrogions sur cet improbable grand-père qui, semblable au « roi dormant » du Portugal englouti par les sables maures, aurait dû rentrer un jour, gravir l'escalier d'un pas de somnambule, poser pistolet et barda, nous prendre dans ses bras… et nous ressembler. Mais non. Jamais.

À Kergat, cette villa de Plomodiern, irradiée par le drame, avait été rendue. Quant au premier appartement de Brest, comme des dizaines de milliers d'autres, il avait fini écrasé sous les bombardements de la pointe Finistère. Il ne restait dans l'existence de Jeanne que son petit dernier, Pierre, et ce ciel de plomb vissé à sa fenêtre. Sur les listes des déportés rapatriés au printemps et à l'été 1945, renvoyés avec un billet de chemin de fer et des papiers provisoires, traversant la saison des cerises et les jours de soleil, pour beaucoup renonçant déjà à parler de ce qu'ils savaient, le nom attendu, le nom aimé n'était jamais imprimé. La charge serait immense pour les survivants. En attendant, dans le deuxième appartement brestois, même rue Victor-Hugo, même numéro, reconstruit sur l'ancien, s'y substituant, le chagrin ne cesserait de tambouriner. Et qu'importe si les nouveaux voisins ne se doutaient de rien, joyeux, avec leurs rires et leurs enfants, il fallait continuer et survivre…

Mais d'où venaient, sous les ampoules-fleurs, ces laques d'Indochine et, dans une cantine à sangles remisée au cagibi, ouverte par hasard, ce casque en sureau, cette pipe, ces guêtres d'infanterie, cet étui pour revolver Chamelot-Delvigne ? Bien des années après, à la mort de Jeanne, je tournerais les pages de deux albums rescapés, en remontant les années, en effleurant ces existences qui m'avaient échappé, pays de Kergat et colonies d'Asie ou d'Afrique du Nord, en dehors de nous, de moi… Qui étaient tous ces autres, encollés sur du carton noir, un chou de satin au bras ? Les miens ou des étrangers ? Ce Jean, émigrant pour l'Amérique, en 1927 ? Un cousin ? Ou celui-là, moustache à la Maupassant, dont la montre à gousset (il est midi vingt) brille entre ses doigts le

3 juillet 1912, à Lamballe ? Appuyée à une façade de penty (ses mains semblant, vu la tension des bras, serrer quelque chose dans son dos), cette jeune femme invitée à une noce n'avait-elle pas de faux airs de Jeanne ? Et ces officiers, impeccables lors d'un gala, la nuque rase et si peu souriants ? Ce paquebot, tamponnant sa fumée dans le ciel de Cherbourg, qui emportait-il, au-delà de l'équateur ? Aurions-nous donc une large fratrie ?

Au mieux, je les confondais. Mais le plus souvent, je ne savais rien de ceux-là, l'interdit et la douleur de notre histoire les ayant contaminés à leur tour rétroactivement. Ils restaient de parfaits inconnus, des figurants venus avant moi qui me niaient de leur vie irrattrapable, jamais confiée, jamais énoncée. Au fond, n'étais-je pas pareil à ce héros d'Adolfo Bioy Casares, dans son roman *L'Invention de Morel* ? Au début du siècle, naufragé sur une île perdue, celui-ci voit défiler, dans le soleil froid, aux abords d'un manoir baroque, des personnages sourds à ses appels. Il finira par comprendre qu'il s'agit d'hologrammes que les marées réactivent – ces apparitions sont celles d'êtres décédés depuis longtemps et le film de leur existence repasse sans cesse. Mais pour ne plus être seul, et parce qu'il est amoureux de Faustine, l'une des femmes du groupe, le naufragé, en déclenchant l'enregistrement de la machine, parviendra à s'insérer dans les scènes, se mêler aux conversations, aux promenades, jouant enfin un rôle dans la mécanique de ces ombres. Et tant pis si les rayons diffusés par l'invention de

Morel se révèlent fatals. Pour être vivant au milieu des autres, le naufragé accepte d'en mourir…

*

Aujourd'hui encore, je ne peux détailler une photo de Paol sans me départir d'un malaise. Même sous la loupe, dont le grossissement le déforme, il reste un inconnu familier, disparu trop tôt et mal, résistance puis déportation, et que les dernières années de guerre, trois ou quatre sur cinquante ans d'existence, n'épuisaient pas. Quels furent ses goûts, ses envies ? Militaire dans l'âme ou chahuté par un appétit d'ailleurs ? Avais-je de cette figure quelques traits, des habitudes, des gestes familiers ? Étais-je un peu lui, et lui déjà moi ? N'avais-je pas, moi aussi, cette manie du cloisonnement, cette propension au silence ?

J'ai fait réaliser en catimini des doubles des cinq ou six clichés « indochinois » que nous avons de lui, et je considère depuis ces retirages comme miens. Au verso des originaux, parfois, à l'attention de Jeanne, il a rédigé quelques lignes qui se veulent humoristiques : « *Lafotier est tout noir et j'ai une mine de papier mâché* » ; « *Traditionnel salon/salle à manger – les mêmes sans les chiens* » ; « *État-major Cochinchine-Cambodge, moi en espadrilles* » ; « *Rotonde et plusieurs singes* ». On est en 1927 et il a alors trente-trois ans.

Muté aux colonies, Paol pose à Saigon entre des rangées de plantes proliférantes, sur un carrelage gondolé par l'humidité, ici, casque en sureau, uniforme de drap, galons ternis par le climat, au Jardin zoologique ou sur les berges du Mékong, là, au milieu d'une douzaine de militaires au regard fiévreux, devant la caserne Martin-des-Pallières, entourant une voiture ressemblant à un gros coléoptère, ou bien assis sous le claustra auprès de son colocataire, le sieur Lafotier, sous contrat avec la firme Poinsard & Veyret (« Vins et liqueurs, armes et cycles »), un Paol habillé de blanc et les cheveux plaqués, gominés, dans une maison en ville, où à ses pieds s'entortille un gros fil torsadé jailli d'une prise. Il aime s'y reposer, le sang bourré de quinine, entre ses journées d'astreinte. Ventilateur et stucs, lits en fer, chaises en rotin, et un tamarinier dans la courette. Pour l'apéritif, ils descendront prendre un Martel-Perrier et joueront à la manille. Un livre est posé près de lui. Ce pourrait être un recueil de Tristan Corbière, dont il répéterait les poèmes : « Et je lui rapportais des objets de sauvage / Que le douanier saisit toujours… »

Et puis il y a cette dernière photo, datant d'août 1937, à Kergat : lui, béret et veste, au milieu de ses trois enfants, Lucie, Ronan et Pierre, assis sur un rocher. Un peu tassé. Blanchi. Visage buriné comme un marin. Avec une écharpe à carreaux, du tissu khmer, un *krama*. Au premier plan, l'ombre de Jeanne prenant la photo coupe en diagonale ce bout de plage. Robe légère et chapeau en paille. À quelques étés de la tourmente.

Je crois les voir remonter tous les cinq, avant le soir, par les sentes des falaises et derrière les parapets, confiants et tranquilles. Paol leur raconte sa jeunesse qui a le goût du varech et des landes, mais aussi des souvenirs de la plaine alluvionnaire, du delta jaune, lorsqu'il canotait sur le Mékong, fleuve si puissant qu'il se riait de la suture des berges et poussait en mille bras son eau limoneuse jusqu'à l'océan. Et Dalat, la villa Géranium louée quelques piastres, et ces poneys chinois pour galoper dans la montagne. Ce n'était pas si loin et ça semblait une autre vie... Mais il est revenu à sa Brest pluvieuse, sa Kergat, lande et grottes, il a eu son dernier enfant, Pierre, au retour d'Asie, où il avait été si bien, loin de l'Europe meurtrière. Et sans doute que ma fascination pour le grand Est viendrait de là. Huit ou neuf fois de suite, je me rendrais dans cette ancienne Indochine, le Vietnam, le Cambodge et le Laos, m'attachant aux villes, aux stations d'altitude, à certains bâtiments de brique noircie ou moutarde (le cercle hippique à Saigon, l'hôtel Mékong, la citadelle d'Hanoi, le pont Doumer, Tam Dao dans les collines) où, photos en main, j'essaierais de le retrouver dans ce décor. J'y voyais une contrée de cocagne où tout aurait été plus fort, plus grand, libre. À son tour, Ronan ne devait-il pas y guerroyer ? Cette terre jaune, jusque dans ses cruautés, m'envoûtait à travers eux.

Sur cette image, Pierre porte des culottes courtes et un polo – il s'est blotti contre son père. Devant, des sardiniers ondulent et tirent sur leurs amarres. Le long du quai, des casiers forment pyramides et octogones. Paol connaît la plupart des pêcheurs de la baie. Certains ont été mobilisés avec lui, ils ont fait la guerre de 14 à ses côtés, lorsqu'il fallait monter à Verdun, croisant alors, à la nuit pleine, au fil des ravines, chaque soldat collé au précédent de crainte d'être dissous par l'obscurité, les compagnies descendantes, harassées, pour tenir cinq jours dans des tranchées, alors que ça « marmitait » au-dessus. On le salue sur le môle où le soleil fait vitrail. Les pins ont des frémissements.

Qui fut ce lieutenant, dans son uniforme de drap, son image reflétée sur le damier des rizières ? Quelle avait été la tessiture de sa voix ? Aimait-il lire, marcher ou collectionner des objets en jade ? J'étais là pour l'accompagner à rebours, le tenir à bras-le-corps, lui rendre ses contours et son allure. Un petit-fils devenu archéologue.

6

À travers un vasistas grillagé, l'aube s'insinue, maladive et geignarde. La cellule au premier étage de Pontaniou pue la pisse. Il n'a guère dormi, les punaises mordent au sang, le froid, il a mal partout, il a été cogné. À gauche, ça a changé encore, deux autres types, dont l'un a des doigts cassés, ils remuent sur leur bat-flanc, en gémissant. Par prudence, on se parle au minimum, à cause des mouchards. Le professeur de mathématiques, un long type chauve, a disparu. Emmené avec une marque sur le front. Mais où ? Pas revenu, en tout cas, de Bonne-Nouvelle. Ramené chez lui avec les excuses de la Kommandantur ? Tu rigoles ! Au moins, ça fait plus de place dans le rectangle, où chaque mur est noirci…

Là aussi, en tâtonnant, en composant des images possibles, je le vois, et je sais bien qu'il me faut balayer les souvenirs de films héroïques, ceux qui repassent à la télévision, pour ne garder que la nudité des choses et des faits, l'enchevêtrement du cauchemar où le corps se débat : le couloir résonne, ce bruit de pas, les matons qui en passant font taper leurs clés sur les barreaux, les chariots, ces grilles successives. Un reste de vent vient mourir jusque-là quand s'ouvrent plusieurs portes – un courant d'air, voilà que Paol trouve ce mot merveilleux, il voudrait être un courant d'air et repartir vers la cour, gagner les talus, et s'il le faut franchir à la nage le goulet, vers la pointe des Espagnols, au plus étroit, pour se planquer à Kergat, il y a des bois et des marais, une abbaye, il a des amis dans deux ou trois fermes, les hameaux près des anses. Mais l'angoisse serre le ventre ; la chiasse troue. Que peut-on devenir une fois dénoncé et tombé là ? Officier, ancien combattant, donc ennemi potentiel, qui l'en sortirait ? Personne. Hormis un miracle. Même en cette terre bigote, il n'y en a guère. Le poisson suffoque dans sa mare qui s'évapore.

Le jour enfin, mal démaquillé puis cristallin. Brest s'ébroue au-delà du pont. La mer chantonne pour la forme mais elle-même n'y croit pas, à moins que ce soit tous ces hommes entassés qui n'y croient plus. C'est pourtant un répit qu'il faut apprivoiser. Paol se force à mâcher son pain et à avaler son jus d'orge grillé, adouci de saccharine, faisant office de café. Il est trop tôt pour la promenade dans la cour. Trop tôt aussi pour les interrogatoires, les inspecteurs de la police politique viendront plus tard.

Un verrou se grippe puis grince. Flaques dans le couloir. Lumière qui fait mal. Quelqu'un tousse puis un autre lance un ordre, ricane. Un chien hurle dans la cour – un chien ? Les questions reprennent sous la lampe. Sur le granulé du mur, une fourmi zigzague vers le rai de lumière. Un doigt l'écrase. Quelle heure est-il ?

Certes, pour le résistant, la règle est de se taire quelque temps afin que les membres du réseau se planquent, puis d'en avouer le moins possible ou de révéler des banalités en évitant le supplice de trop. À un moment, personne ou presque ne tient sous les coups et les arrachements, il devient légitime de sauver sa peau, de ne pas devenir dingue, de ne pas être physiquement diminué à jamais. Et quand arrive son tour, et il vient, la geôle qui s'ouvre, Paol répète ses arguments, les événements des derniers jours, il joue l'ignorant, il dit ne pas saisir la situation, une erreur, une confusion, il nie en bloc, il doit enfouir ce qu'il sait, il faut tenter d'en réchapper, il a raison. Et surtout ne pas quitter trop vite Brest, et la presqu'île. Car, en Allemagne, ce sera une autre musique. Funèbre cette fois.

Au fil de ce mois de septembre, les bombardements sur Brest se poursuivent ; des obus tombent à proximité de la gare, la voie ferrée, ils pleuvent sur les terrains d'aviation de Guipavas et de Lanvéoc. Alors que les sirènes retentissent et que les projecteurs traquent les appareils britanniques de leur faisceau, de grosses fleurs cuivrées et pourpres, précédées de leur détonation énorme, illuminent le ciel et puis s'éteignent, flétries, parmi les champs et les étables. Derrière les barreaux, avec les autres, le prisonnier écarquille les yeux. Dans chaque cellule, chacun voudrait qu'une bombe s'égare et, en un songe ralenti, vienne fracasser les murs, éventrer les grilles, desceller les portes. Oui, qu'elle les délivre, les éparpille dans la nuit, pareils à des papillons aux battements courts, jusqu'au mont du Menez-Hom.

7

En 1943, Paol n'est plus si jeune. Il est même fatigué. Il a dû contracter les années précédentes un virus tropical qui lui a laminé les tripes et l'a affaibli – son séjour hospitalier en 1928, à Saigon, en témoignerait. S'il a été réincorporé en 1939, il a été démobilisé aussi vite, l'engagement face aux Allemands ayant tourné court. Le sacrifice de dizaines de milliers de soldats, qui, sur les routes et les fleuves de France, ont tenté de contenir la poussée germanique, n'aura servi à rien. Eux aussi ont été oubliés.

Sur la liste des déportés du Finistère, sa date de naissance à chaque fois me trouble : 1894. Six ans avant le XXe siècle. Anachronique au milieu des autres. Il est l'un des rares à n'être pas nés dans les années 1910, 20, voire 25. À près de cinquante ans, c'est un homme mûr, pour ne pas dire un vieux monsieur. Ainsi est-il répertorié entre un prisonnier né en 1920, à Morlaix, et un autre en 1918, à Brest… Ils pourraient être ses enfants.

Je ne crois pas ressembler à Paol même si l'on peut supposer qu'avec les années les visages d'une même lignée finissent par se confondre (les arêtes se faisant saillantes, la forme du crâne plus nette, osseuse), au point que la plupart, à la cinquantaine, ont quelque chose de mimétique, mais je ne possède aucune photo de lui où il aurait plus de quarante-cinq ans, impossible donc à vérifier. D'ailleurs, sur celle que je tiens en main, il en a vingt-quatre, deux fois moins. En 1918, je vois un garçon au visage ovale, la mâchoire plutôt forte. Pour compenser, il a des yeux expressifs et une moustache à la mode. Ce fils de charpentier de marine paraît solide, franc et calme. Avec de l'élégance.

Sur ce portrait sépia d'après-guerre, tiré en Belgique chez un certain F. Krameyer, boulevard Van Iseghem, à Ostende – adresse où je suis passé, au cas miraculeux où la boutique aurait conservé des plaques ou des négatifs anciens, mais qui était devenue un immeuble locatif, « Résidence La Lorraine » (que faisait-il en Belgique dans un studio d'artiste-photographe ?) –, il prend la pose, calé, sans doute assis, en uniforme. Frontal et digne. Le « 3 », brodé au-dessus d'un croissant de lune, sur son képi et ses cols de vareuse, témoigne de son appartenance provisoire comme cadre au 3e régiment de tirailleurs algériens. Collée sur le carton gaufré d'un blason – un lion des Flandres dressé sur ses pattes –, l'image ovale, agrémentée d'un friselis imitant un ruban, rejoindra un sous-verre, à Brest. Je n'en sais pas plus.

À cet âge-là, aujourd'hui, Paol pourrait être mon fils. Il a des joues fraîches, lisses, des oreilles pointues, une once de mélancolie sous sa gravité de militaire. Certes, il sort des boucheries de la Première Guerre et il a été éprouvé et blessé. Mais il a encore des années devant lui, une famille à fonder. Il ne sait pas ce qui l'attend. Pour qui et pour quoi ? Pour quel résultat sinon cette mort appelée sur lui, en accéléré ? Le courage des uns, les autres n'en ont que faire. Pauvres monuments dont les noms se ternissent et s'écaillent. Qui les déchiffre ? On a oublié leur honneur, cet idéal dans un monde qui ne l'est pas. Replantée, la rue Victor-Hugo, à Brest, accueille d'autres boutiques, d'autres locataires, une amicale de boxeurs. L'imprimerie a disparu. Les deux villas de Plomodiern sont louées à des estivants qui y organisent fêtes et barbecues. Tant mieux.

L'été a recommencé trente, quarante, cinquante fois sur la presqu'île. Des gosses qui, sans le savoir, ont ses épaules et ses mains se baignent en riant dans les mêmes criques, la même grotte. Ils ont grandi. Les coupes de cheveux, les maillots, les modèles de voitures ont changé. Nous sommes revenus de Pirae et d'Ambohimanga, du Pacifique et de l'océan Indien, ces mutations de plusieurs années qui furent, grâce à mon père, notre différence, notre luxe et notre sauvagerie. Elles m'ont constitué, fait de moi un autre, accordé cette part inattendue et heureuse. Au fond, si je remonte dans ma mémoire, mes premières émotions me ramènent invariablement aux lagons de

Tahiti et aux hauts plateaux de Tana. Pas si mal ! Mais, à chaque retour, ce bout de Finistère nous happait, lessivé de marées, bruissant de vents. Avec ses châteaux de rochers, ses landes, ses dix hameaux. Et son drame en filigrane : la question était posée là, elle attendait. Nous étions chez nous, heureux mais bancals…

On a acheté une autre maison puis une deuxième, les arpents de Kergat ne valaient rien, il y pleuvait si souvent, la famille s'est élargie. Mais on ne passe plus guère par la route du sud, certes, évitant ainsi Plomodiern et la rue de Leskuz (ironie du sort, le mot breton *kuzh* signifiant « caché », « secret »), les villas mélangées, l'une miroir de l'autre, ce bourg où résident peut-être les descendants de celui qui le dénonça. Au mieux, par grand beau, gravit-on la montagne pour embrasser la presqu'île, et méditer sur la malédiction de Marc'h, le roi-cheval, dont l'âme est restée au sommet du Menez-Hom. Mais devant les jardins, les cabines, face aux vagues qui remâchent leurs galets, les ombres s'entêtent. Jamais fini, jamais résolu. Fantôme que rien n'apaise.

8

Ruelles de guingois courant à la mer, tramways sur la côte du Grand-Turc, vraquiers dans le carré des bassins, place du Dépôt où manœuvrent les recrues sur la Musique des équipages, cafés de Recouvrance, rue de la Rampe, glacis des remparts, jardins… Cette Brest blanche et grise, que Paol a aimée, a été aplatie, quasiment rayée par les bombardements, puis redessinée après guerre. Qui l'inventera de nouveau, avec lui, dedans ?

Au final, cette ville ne m'appartiendra jamais tout à fait, elle est devenue une autre et nous n'y possédons plus rien, elle m'aura été, elle aussi, subtilisée, et je m'y suis toujours hasardé depuis avec culpabilité, en surimpression dans ses lumières mouillées, comme une figurine de décalcomanie. Même à une heure de Kergat, le malheur central y gangrénait tout de radioactivité. Et je savais qu'elle restait celle de Paol, de Ronan et de Pierre, et non la mienne, que je la leur dérobais chaque fois un peu, que je l'égratignais par mes visites estivales, l'insignifiance de mes courses, magasin d'accastillage, droguerie ou caviste. D'ailleurs, passant mes vacances sur la presqu'île, je me gardais de claironner « je vais faire un tour à Brest » mais plutôt « je vais prendre l'air » (l'air de quoi ?). Allais-je avoir une chance de mettre mes pas dans les leurs, et de rattraper ce qui m'aura été dissimulé, si peu transmis ? Un souvenir, des éclairs, une présence dans la bruine. Leur énigme. Et ce port en eau profonde qui en aura été le décor, la métaphore, je veux dire, autant leur confinement que leur appétit du large.

Où furent leurs écoles, leurs squares, leur cinéma du dimanche ? Le Sélect, l'Éden ou le Vox ? Où se plaisaient-ils à nager à l'été ?

Un carré d'argent brûle derrière le pont transbordeur.

Des rails se sont fossilisés dans le goudron.

On a retiré canons et boulets, et raboté ce prolongement des quais.

Au cimetière, des palmiers bruissent au-dessus des croix. Près du Foyer du Marin, square Rhin-et-Danube, deux autres dominent les alentours, six oiseaux piaillant dans leurs touffes…

Qui se souviendra de la cloche de l'Arsenal sonnant la sortie des ateliers ?

Brest-palimpseste m'aimante, m'échappe, mes courts séjours à l'hôtel et mes rêveries n'y changeront rien, il me manque la clé initiale, celle de Paol, et c'est cette errance que j'ai appris à ne pas détester, dérivant à mon tour dans sa ville d'hier dont il ne reste plus grand-chose. Bien sûr, je regrette le jardin botanique où, parmi les plantes mouchetées, tournait un cygne sur un plan d'eau. Derrière, il y avait des serres et, dépendant de l'hôpital maritime, quelques salles encombrées d'un bric-à-brac ramené de l'au-delà des mers... Mais mes cartes sont trop anciennes, la déambulation est à ce prix, je disparais du cadastre réel et marche ailleurs, en dedans, dans un chiffrage que je porte en moi et qui est un appel. Où sont le quai Oblique, la jetée Ouest, la rade-abri ? Il est toujours midi entre les façades lépreuses, et l'escalier a trois siècles d'existence. N'est-ce pas là, immergé dans la résille des ruelles, le péristyle de la caserne des coloniaux ? Mais, encore une fois, à droite du cours Dajot, il me faut franchir la Penfeld pour revenir buter sur la prison de Pontaniou, côté Recouvrance. Elle n'a pas bougé même si elle est désaffectée. Bâtiment à l'abandon, cerné de murs grêlés. Graffitis sous ses barbelés. Vingt-quatre fenêtres étroites. Et cette plaque commémorative avec la sentence gravée : « *Ce lieu fut le dernier séjour après tant de souffrance d'hommes entraînés par la guerre vers leur tragique destin.* »

Au passage, je questionne ce promeneur, casquette de travers, cabot en laisse, accoudé à la rambarde au-dessus du canyon de la rivière, qui observe en contrebas entrepôts et bassins de radoub.

— On ne peut pas descendre ?

— Mais c'est l'Arsenal, me répond-il comme si je n'avais rien compris depuis le début. Avec les militaires, verrouillé ! Bouclé ! Zone interdite aux civils.

À l'évidence, tout était *bouclé* de ce côté-là.

9

Après que le feu roulant eut cessé son vacarme et ramené l'horizon sur cette aube de l'année 1916, il lui avait fallu se dégager du boyau où ils avaient tenu position, une entaille aménagée de trous et de caches, et, sitôt la gnole passée de rang en rang, gravir au sifflet les échelles, dépasser le bourrelet pour se jeter hors de la tranchée avec la sensation d'être à nu parmi les geysers noirs des explosions, pour zigzaguer dans la zone ravagée, derrière le capitaine, revolver au poing, et les autres s'étaient avancés à leur tour, tout le régiment, trois mille hommes, le dos courbé, sortis de terre, pour dépasser les avant-postes de guet et arriver tant bien que mal sur les positions adverses, une étendue glaireuse, labourée, tenant encore au milieu du fracas, du craquement des éclairs et des balles qui miaulent, beaucoup des gars ayant déjà été touchés et laissés en chemin, un éclat, une rafale les ayant frappés en pleine course, et ceux-là avaient tournoyé sur un pied ou au contraire s'étaient affaissés, mains au ventre, lâchant des jurons, sans que se ralentisse la tentative de submersion de la position boche.

Curieusement, depuis qu'ils affluaient vers cette ligne, au pied de la masse du fort de Douaumont, elle paraissait sous le crépitement des tirs reculer encore devant leur charge. Les mitrailleuses allemandes, que les batteries n'avaient pas réussi à faire taire, répliquaient, et leurs chapelets secs rappelaient le caquetage d'oiseaux mécaniques. Et là, maintenant, il leur fallait slalomer dans ce labyrinthe de cratères, de trous d'obus et d'entonnoirs, vers les arbres ébarbés, les fossés et les murs bétonnés, ou du moins ce qu'il en restait, tant l'édifice avait été pilonné par l'artillerie, chacun dès lors face à son destin et tirant au jugé, et il progressa à son tour sur cette scène tressautante pour atteindre la tranchée adverse, plus que dix, cinq, trois mètres, rejoignant les autres, et tant qu'ils y étaient, poussant leur avantage en gagnant la deuxième ligne, où résistait l'un des postes secondaires de commandement, autant l'enlever dans leur élan...

Mais cette fois, parmi ses copains, avec qui il avait décidé de progresser sans se lâcher au cas où il aurait fallu en venir au corps à corps (affronter l'ennemi à la baïonnette, au poignard ou à coups de crosse), ce que chacun ne cessait de craindre, homme contre homme, force contre force, peur contre peur, il n'eut pas le loisir d'admirer les panaches de fumée qui esquissaient des points d'interrogation dans l'azur, car à cet instant-là le souffle d'un obus le projeta en arrière, et il tomba avec quelques autres, lui roulant dans une crevasse, perdant connaissance, la retrouvant, vibrant et hébété…

S'il s'était cogné la tête, avait perdu son casque, qu'importe, il ne sentait plus son genou transformé en une plaie sanglante… Devenu sourd, et comme insensible, il se fit par réflexe un garrot avec une bande molletière, puis il essaya de gravir la cuvette, en s'appuyant sur son autre jambe, en vain, il redégringolait dans son trou, des balles fusant comme des guêpes, de la terre coulait dans sa vareuse. Alors il cria pour prévenir on ne sait qui, mais personne ne l'entendrait, il était seul, perdu sous les hululements et les sifflements, les secours viendraient plus tard, le pire restant possible, à commencer par une contre-attaque qui aurait repris le dessus et s'écoulerait jusqu'à lui, fétu de paille, proie facile, il réarma son fusil Lebel, conscient malgré sa douleur, prêt à tirer si ça approchait… Devant, les poilus avaient réussi à percer, à se maintenir, et une centaine taillaient sans merci les derniers Boches dont les visages crevant sous la lame montraient quelque chose d'enfantin et d'étonné. Dans la panique, amplifiée au long du boyau, l'ennemi se mit à fuir ; le coin serait nettoyé en quinze minutes. Peu après, la deuxième ligne tomba aussi, une lèvre marneuse que les chefs avaient scrutée longtemps aux jumelles, l'occasion pour la vague bleue d'y placer ses mitrailleuses, en se préparant à un troisième bond si l'ordre leur en parvenait, afin de conquérir les abords du fort qu'un réseau de droites irriguaient lorsqu'elles n'étaient pas obstruées par les éboulis, et l'ordre leur arriva dans la foulée, et il fallut encore remonter, y aller…

On est le 4 juin 1916, à Fleury-devant-Douaumont, dans les vestiges de la forêt, où la bataille bat son plein depuis quatre mois. Le village sera pris et repris seize fois de suite. Bientôt, sous les milliers d'obus et l'utilisation des gaz, Fleury, en dépit de sa résistance, sera anéanti. Sur certains secteurs, il fallait cinquante pour cent de pertes pour être relevé, et ça recommencerait pour eux au-delà du dégoût et de la pitié, de ces tulipes énormes de feu et de fer qui soulevaient le sol, des gars défigurés par les shrapnels, des morts partout, des mourants laissés dans les barbelés…

Ramassé par les brancardiers lors de l'accalmie, « doucement les gars, doucement », drôle d'équipage dans la lumière, le caporal sera soigné à l'arrière dans un poste de campagne puis évacué à l'hôpital de Bar-le-Duc où il restera plusieurs semaines, allongé sur un lit de fer, à peine séparé des autres par un rideau fixé sur une tringle (les religieuses au visage de cire glissant de l'un à l'autre avec des brocs d'eau fraîche, une seringue, des thermomètres), puis à béquiller avec les grappes de convalescents, les combats grondant toujours à l'est en un orage carabiné. Leur aurait-il échappé avec sa « bonne blessure » ? Non. De toute façon, soldat « *courageux et dévoué* », il n'a rien d'un planqué, et même s'il voit tant de camarades découragés de mourir pour si peu, les dernières semaines ont été un désastre, il lui faudra y retourner, la patrie est en danger, on a besoin de croire que tout cessera, pas de dégonflés ni de tire-au-flanc, la victoire est dans quelques semaines, il faut juste bénéficier d'un rabe de chance.

*

En 1917, il a repris de l'active au 28e régiment d'infanterie, puis sera versé au 319e. La guerre n'est pas finie. Au contraire, avec l'offensive de Ludendorff, les Allemands tentent le tout pour le tout, le front s'embrase en mars 1918, ils enfoncent les lignes, convergent vers Paris qu'ils pilonnent. Le maréchal Foch a ordonné : on ne recule plus, on meurt sur place.

De nouveau, il se bat sous son masque aux verres embués par les gaz, titubant dans les brumes acides. Il perd dix copains en deux minutes et cinq autres le lendemain dans des combats rapprochés, un vrai casse-pipe. Il tue aussi dans les rigoles de boue. Mais il répond déjà comme un robot. Il ne trouve plus le sommeil. Il survit dans un demi-coma. Il rêve, yeux ouverts, hébété. Il est ébranlé par les bombardements. Il claque des dents tellement il a les nerfs sciés. Debout, il se cale dans un trou d'obus. Il mâchonne son pain dur qui n'a pas de goût. Il avale une rasade d'alcool. Il attend l'aube, délivrance ou tuerie. Il remonte sur le parapet au sifflet. Et s'en va de l'avant, par sauts de puce. Il l'a fait dix fois. Il le refera dix fois. Il dort debout, calé contre un sac qui pue. Il est à Kergat et marche dans la forêt du Finistère. Il prie à la chapelle de Rumengol, où les saints sont des figures bariolées. Il se promène le long de l'Aulne, se baigne dans l'intimité de la rivière, entraîné par le courant, et c'est ça qui est bon, d'être avec les joncs, les oiseaux et les bulles, comme un enfant porté, l'eau lui ajoute sa vase verte et, remonté sur la berge, il est devenu un être magique, échappé d'un conte. Il embrasse une gosse au rire frais comme un trille (sa robe à fleurs, sa bouche cerise, sa sueur d'oiseau et d'œillet) avec qui il a dansé à Logonna. Il se réveille. Sa jugulaire lui serre la gorge, son casque pèse une tonne. Il vérifie son fusil. Il attend les ordres et ceux-ci, portés par une estafette, tombent comme une pluie grêle : « À mon commandement... » Il marmonne comme les autres qu'au fond rien ne vaut la tranchée : en sortir, à découvert, c'est parler au diable et déjà mourir. Une balle ricoche et s'éteint dans le sac de sable. Il se relève, il cavale devant, avec les autres. Il hurle son effroi pour le contenir.

Comment oublier la moitié de son escouade laissée accrochée telle une lessive à sécher sur les rouleaux-araignées ? La peur est une brûlure qu'il faut éteindre par l'action, le courage, la mort de l'ennemi. Il s'ébroue. Il progresse de nouveau, son sac battant contre son dos, ses cartouchières tintent, il n'a jamais été aussi présent à lui-même, aussi absent. Il s'est dédoublé : il se voit *lui* progresser puis tomber, rouler dans la crevasse, et dans les orgues des explosions, les bombardements le rattrapent et le figent jusqu'à la moelle. Ils n'ont pas été très loin. Ils se terrent où ils peuvent. Le contre-assaut est imminent. Il se met en position et, avec une soixantaine d'autres, ils tirent sur cette masse qui remonte, sorte de mascaret qu'ils parviennent à entraver, mais sans le briser, ils tiennent ce qu'ils peuvent, puis, au dernier moment, protégés par les grenadiers, ils décrochent, à bout de forces, pour faire front plus loin, viser, tirer, abattre ce qui cavale vers eux, insatiable et se fout des barbelés…

*

Il sera cité (« *durant le combat du 30 mars 1918, a résisté jusqu'à la dernière minute, épuisant toutes ses munitions* ») et décoré de la croix de guerre sur un champ où la pluie a creusé ses ornières comme avec un gros râteau. Derrière eux, le bourg n'est qu'un amas de fragments concassés desquels s'échappent, dans ce qui avait été les ruelles, des meubles défoncés, des chevaux crevés, des pierres en tas. Sur des carrioles, les rares habitants proposent à des prix prohibitifs de l'eau-de-vie et des paquets de sucre.

Quatre sections au carré. Les soldats exténués portent de lourdes capotes dégoulinantes dans le froid. Au milieu, la clique joue son air même si le moral n'est pas bon et qu'il n'y a pas de vent pour faire claquer les drapeaux. Ça tousse, ça maugrée. Coup de clairon. Les bustes se redressent. Présentez armes ! Il y aura après une distribution de pinard et de tabac. L'aide de camp du général leur accroche la médaille. Lui est nommé sergent. La pluie veut bien s'arrêter et c'est ça qui soulage le plus la troupe.

Dès le lendemain, un camion Renault vert kaki l'emmène dans d'autres provinces, il traverse des prés détrempés et des terres ourlées, il va de cantonnement en auberge réquisitionnée, il n'a jamais vu l'intérieur de la France, il n'en connaît que le littoral, les abers et les anses, il découvre les champs couchés sous le vent comme une houle, les fleuves, les ciels si profonds la nuit, et ces brefs villages au carrefour de chemins qui pourraient ne pas exister.

Après une formation express, il passera instructeur, casernes de Melun et d'Issoudun, affecté à l'encadrement des contingents d'Algérie et de Tunisie. Selon son livret matricule, il ne retrouve Brest et la douceur de Kergat qu'en avril 1919, au grade cette fois d'aspirant. Sa blessure au genou a la forme d'un petit astéroïde de chair bistre. Il est retourné dans le civil. Il est sain et sauf mais cet officier désormais de réserve porte un autre regard sur ses congénères, les régiments, les gouvernements. Il a son opinion sur la peur, la mort, et entre les deux, ce qu'est la viande humaine sous un déluge de fer ou dans les volutes de l'ypérite.

Une histoire banale de soldat français.

Paol n'a que vingt-cinq ans, Paol a déjà mille ans.

10

Pour quelle raison a-t-il été pris et jeté à la prison de Pontaniou en septembre 1943 ? On ne sait pas. La Gestapo est venue le cueillir à Plomodiern, dans l'une des maisons jumelles. Son profil sera jugé assez sérieux pour qu'il soit interrogé, tabassé. Il sera déporté ensuite en Allemagne.

Que peut savoir ce soldat, estimé en 1939 « apte au commandement », des réseaux d'entraide et d'extraction, des allers-retours de bateaux amis, et notamment de ces sardiniers qui, de Kergat, ont appareillé pour l'Angleterre ? Ces embarquements, préparés par la Résistance, se sont succédé avant son arrestation : *La Rose effeuillée*, le 12 août ; le *Rulianec*, le 13 ; *Le Petit Joseph*, le 14. Et dans le premier bateau il y avait son fils Ronan, ainsi que divers documents, roulés dans des boîtes étanches, à destination des services secrets anglais. S'agit-il d'une histoire parallèle ou est-il complice de son fils ?

Paol fait-il partie de l'ORA, l'Organisation de

résistance de l'armée, ou bien des partisans qui, autour de Brest, préparent attaques et sabotages ? À Kergat, son nom n'apparaît pas dans le réseau « Johnny » et sa filiale « Ker ». Aucune trace non plus de lui dans l'entourage du docteur Antoine Vourc'h, dont la maison à Plomodiern sert de relais aux aviateurs rescapés. Plus de soixante-dix pilotes emprunteront cette filière, planqués dans la chapelle du bourg à trois cents mètres du domicile de Paol. Dans la baie, des vedettes, parfois des sous-marins, emportent de nuit leurs passagers ; d'autres volontaires partent d'un chantier naval... Pour la branche Rennes-Brest du réseau « Alliance », les dates des arrestations sont proches. En fut-il ? Et que penser de « Turma Vengeance », avec sa filière en Bretagne, sapée à la même période par des infiltrés ?

En dépit de mes recherches, mais elles sont maladroites, Paol reste introuvable. Ces groupes plus ou moins actifs forment une nébuleuse. Idem pour les mouvements de résistance, plus politiques, qui entendent contrecarrer Vichy et chasser l'occupant. Là encore, la règle reste la prudence, le silence, l'absence de signes visibles. La plupart des membres se cachent sous des noms empruntés ou des surnoms. Le secret absolu est la première des protections, chacun détient le minimum, le reste est cloisonné, codé. Un gars d'un réseau, qui servait de courrier sans jamais connaître ni le destinataire final ni le contenu du paquet, expliquera n'avoir su qu'après guerre que certains de ses copains étaient des leurs... Les « missions » se réduisent souvent à un travail ingrat : la diffusion d'un tract, la fourniture de faux papiers, le dépôt d'une valise (un émetteur, un plan, de l'argent de Londres), la prise en charge d'un inconnu, la livraison de vivres à qui serait planqué. Rien de romanesque, toujours dangereux. Quant aux opérations musclées, du moins au début, elles sont réservées à quelques-uns car les pistolets Mab ou les mitraillettes Sten manquent. Les coups de main finiront par se multiplier. Le coin reste réputé pour son hostilité à Vichy.

Dans le mouchoir de poche de Kergat, il paraît invraisemblable qu'on n'ait pas approché ce soldat, ou qu'il n'ait rien fait, lui, pour les rejoindre. En tout cas, Ronan, son aîné, encore mineur, va rallier l'Angleterre. Son père doit le savoir et peut-être l'aider – il faudra un scénario crédible si l'administration y mettait son nez. Trois bateaux, des équipages, de l'essence volée aux Allemands (depuis des semaines, des chauffeurs siphonnent les camions de chantier, ceux sans doute utilisés à la construction des blockhaus, commandités par l'Organisation Todt, et des volontaires à vélo livrent des bidons de cinq litres aux sardiniers), avec nombre de rendez-vous dans des fermes, des moulins isolés, ont été nécessaires pour mettre au point, sur trois nuits, l'exfiltration d'une quarantaine de clandestins arrivant de Brest, de Clermont-Ferrand et aussi de Paris. La Résistance de Kergat est à la manœuvre.

Juste après le départ de Ronan, pur hasard, coïncidence ou répercussion, Paol est arrêté. Une lettre scélérate l'accuse et le foudroie – comme une balle invisible. Son sort est joué.

11

Ce n'était pas si loin de Kergat et du cap aux Mouettes : une heure de route par le pont de Térénez et nous étions à Brest, de l'autre côté du goulet, « capitale » encombrée de grues et cernée de parapets entre lesquels couraient des glacis de terre et d'herbes. À l'exemple de beaucoup de Brestois, Jeanne occupait un immeuble d'après-guerre. Ayant élevé seule son dernier fils, elle s'en était sortie en travaillant dans les bureaux des compagnies maritimes, puis en gérant des tennis et un mini-golf à Kergat. Nous la retrouvions au-dessus des bassins du commerce, dans ce bâtiment sans ascenseur où des cabochons de verre apportaient dès l'escalier une clarté trouble. Elle occupait un appartement sobre, tout en parquet, agrémenté d'un mini-balcon égayé de caoutchoucs en pot. Si le salon offrait un mobilier anodin, on notait quelques poufs marocains aux motifs géométriques, un petit bouddha en jade sur un socle en bois rouge, l'index et l'auriculaire tournés vers le ciel, enfin quelques laques asiatiques : des paysages lagunaires hérissés de roseaux, le premier avec une pagode, le second, un échassier sur un friselis d'eau, les deux dorés sur fond noir. La lumière frappait un énorme crabe dormeur naturalisé dont les pinces, peintes en trompe-l'œil, lui donnaient un air de croque-mitaine. Accrochée au mur, nous surplombant, la bête démantibulée ricanait de notre embarras.

Mon premier souvenir est, je crois, un dîner. A-t-il existé ou n'est-ce qu'un amalgame d'images ? Je le situe mal dans le temps, sans doute début des années 70, une fin d'été, au retour de Polynésie et avant Madagascar. Sans mon frère ni ma sœur qui sont souffrants, ma mère étant restée pour les garder à Kergat, je m'y rends avec mon père. Nous possédons déjà la Vauxhall Cresta, berline anglaise bleu de Prusse, surdimensionnée pour les routes du Finistère, que Pierre a acquise sur un coup de tête, croyant à une affaire, mais elle consomme dix-huit litres au cent, et il n'arrive jamais à la garer en ville à cause de ses ailes. Pierre a réservé une table ; il veut fêter quelque chose. L'établissement surplombe le goulet. Nappes à carreaux, photos de comédiens, de vedettes de cinéma, dont Jean Gabin et Michèle Morgan qui tournèrent ici le film *Remorques*. Spécialités de poissons et de crustacés. Jolie vue par temps clair ; l'air alors palpite.

Dès le seuil, le restaurateur se montre affable, impressionné par l'automobile.

— On croirait une Packard Caraïbe...

— Non, c'est une anglaise, et on y tient à dix, explique mon père, pour plaisanter.

Le restaurant est encore vide, nous dînons tôt, grand-mère est fatiguée, je suis si gamin, et il nous faudra rentrer ensuite sur la presqu'île. Pierre commande des huîtres, une salade de poulpe, une bouteille de vin. Je me contente d'une poignée de langoustines, de frites et d'un soda. Est-ce l'anniversaire de quelque chose ou de quelqu'un ? Entre eux, la conversation s'effiloche puis se dissout, et, à mesure que les plats sont servis et desservis, elle n'est plus que murmurée, engourdie, la nuit la boit. Quelques bribes, un nom, un soupir, ils se souviennent sans développer, les mots s'éteignent à cette heure suspendue ou, plus exactement, il n'y a plus besoin de mots, les yeux et les mains parlent, et ils glissent vers des abysses qui leur appartiennent…

Le goulet a des échos. Il fait bon. Et ces deux-là se retrouvent à travers le temps, dans une période connue d'eux seuls. À l'attention fervente de Pierre, je comprends qu'il la vénère. À la tendresse de Jeanne, que le petit Pierre restera son fils miraculeux, l'enfant sauf, après Plomodiern, après Brest. Sans l'autre, chacun aurait péri, étranglé par l'angoisse, Pierre et Jeanne, Jeanne et Pierre, franchissant à deux et de face la houle contraire.

Pour une fois, l'été a été caniculaire, la pluie nous a épargnés. Nous pouvons nous attarder au crépuscule sur la plage. Un parfum âcre d'herbes brûlées monte de la corniche. La voix de Sinatra filtre des haut-parleurs. Partout, cette grâce de chaque chose, sous les frondaisons, les balançoires, comme un abandon sudiste…

«*Strangers in the night*», répète le restaurateur avec son mauvais anglais, croyant nous faire plaisir à cause de la voiture.

En face, une brume de chaleur, piquetée de feux et de clignotements, nimbe le cap. L'Iroise est une encre étale. Pierre sourit ; le vin lui fait voir les choses autrement. Enhardie, Jeanne sort de son sac une photo. Regarde ! Et je les reconnais tous deux, il y a quinze ou vingt ans, descendant la rue Jean-Jaurès ou celle de Siam, des paquets sous le bras (qui les photographie en cette après-midi perdue ?), vers des Noëls éteints, lui, cheveux en brosse, sanglé dans un imper mastic d'officier, elle, droite et résolue, promenant ses yeux énigmatiques sur les boulevards, avec derrière ce que je pouvais deviner : les vacances à Kergat, la Citroën qui toussait dans les côtes, la grotte Absinthe, leurs années bretonnes. Mais, déjà, comme si elle en avait trop révélé, elle range la photo dans son sac, je n'en apprendrai pas plus, ni ce jour-là ni demain. Sous les sourires, les bouches sont scellées.

Étourdis de vin et de musique (j'ai bu un peu dans le verre de mon père), nous rentrons, la berline coupe par Recouvrance, et ce n'est pas nous qui roulons mais la ville qui s'écoule derrière les vitres dans la litanie des lampadaires. Agglutinés sur le devant des bars, les marins forment des grumeaux dans les flaques de lumière. À notre passage, ils lèvent leurs bocks en riant, épatés par la carrosserie. Je feins de croire que je suis moi aussi un marin, j'ai retrouvé ma grand-mère au bout de la péninsule, notre reine au regard lent, et dans cette nuit griffée par les feux des cargos à l'ancre que la mer calotte ou remue, nous la ramenons grâce à notre auto bleu de Prusse vers cet appartement fondamental, qui garde dans ses armoires des guêtres, un plastron, ce pantalon gansé d'officier, maculé de boue, à moins que ce ne fût du sang séché.

Oui, nous désirons la mettre à l'abri, loin du vent du goulet et de l'aboiement rauque des sirènes entre les bassins. Sur la corniche, je ferme mes yeux dans le vrombissement pour prolonger ce songe au-delà du pont transbordeur, je voudrais que, sous la lune collée là, énorme dans l'abîme du ciel, nous roulions indéfiniment, que la vie continue à être ce moment d'apesanteur où tout s'enclenche dans le maillage des voies, des hangars et des docks, des escaliers et des ruelles, que nous n'arrivions jamais – puisque Paol ne nous attendait plus au croisement des rues humides.

12

J'avais réservé pour quatre jours une chambre dans un hôtel de Quimper et, méthodique, soumis à des horaires que je m'étais imposés, une fois franchi l'Odet à huit heures trente, je prenais mon autobus pour rejoindre, en périphérie, au nord, l'allée Henri-Bourde-de-La-Rogerie, où se trouvait le bâtiment des archives départementales du Finistère. À dix-sept heures, à la fermeture, je rentrais par le chemin inverse pour dîner dans une crêperie aux alentours de la cathédrale, la rétine brûlée par les images fixes, las et éreinté, avant de regagner la pièce taupe au deuxième étage. Incapable de lire quoi que ce soit, ni les bouquins ni les journaux achetés à la gare, ou de regarder la première émission télé, je restais allongé sur mon lit, avec l'impression d'être desséché comme une momie, tandis que le fleuve faisait courir au plafond, en lignes tremblées, en une guirlande d'étoiles, les derniers reflets du courant. La nuit arrivait comme un coup d'éponge qui m'emportait. J'avais juste eu le temps de passer un coup de fil chez moi, en sachant que ce que je faisais, et l'ampleur que cela avait pris, restait difficile à justifier. Cette quête pour d'infimes particules que le temps avait dispersées, et pour laquelle je me dépensais sans compter, était devenue dévorante…

Dans la journée, dûment inscrit et doté de la carte plastifiée de lecteur (n° 18278), je me faisais apporter les dossiers et les étuis en carton concernant ce bout de Bretagne, année 1943, afin de les dépouiller sur une large table de travail, partagée, selon l'affluence, avec d'autres chercheurs. Si certains documents étaient microfilmés, je pouvais m'isoler dans un semi-box. Sous la pression d'une touche, les jours et semaines concernés défilaient dans un noir et blanc plus ou moins charbonneux sur l'écran de la visionneuse…

Outre les quotidiens de l'époque, comme *Ouest-Éclair*, *La Dépêche de Brest*, où je pensais trouver mention de faits divers, dont certains liés aux tentatives ou aux coups de la Résistance, et l'écho des opérations de la police qui s'ensuivaient, je mettais la main sur les rapports aux préfets, les comptes rendus de gendarmerie, de certains maires ou d'agents, jusqu'à la correspondance entre la Kommandantur et l'administration française, le tout dans des chemises numérotées, classées par ordre chronologique et alphabétique, accompagnées de papiers pelures que balayaient des coups de tampons encreurs, sous des signatures illisibles mais sûres de leur droit – le terme « *confiden-*

tiel » zébrant le feuillet. Et puis il y avait aussi, tapées à la machine, les fiches de ces hommes et femmes arrêtés par les Allemands « *établies par les commissaires de police français du Finistère* », résistants ou quidams pris au filet de rafles, pour la majorité d'entre eux avalés ensuite par les geôles, les camps... J'avais quelque espoir de tomber sur celle de Paol puisque, en toute logique, elle devait y être : il faisait partie de ceux-là, répertorié sur Brest, peut-être Châteaulin ou Quimper. Mais, après en avoir compulsé des dizaines, sur deux années, la sienne demeurait introuvable. Lorsqu'ils étaient mentionnés, les motifs d'arrestation s'avéraient d'ailleurs parfois anodins, voire ridicules : « *détenait sur lui une photo du général de Gaulle* » ; « *a coupé des fils* » ; « *a insulté un soldat allemand* ».

Mourir pour si peu ?

Au bout de trois ou quatre heures, le troisième jour, j'avais déjà élargi ma recherche, reprenant les mémos des inspecteurs de la Sûreté générale, les notes aux préfets, les rapports sur l'état d'esprit de tel ou tel village de Kergat vis-à-vis de l'occupant allemand ou de l'administration. Celle-ci se montrait fort préoccupée par le fait que, sur le département, la « *radio britannique, la seule écoutée, exerce sur les esprits une influence qui touche à la mystique et à la religiosité* ». Elle déplorait un effectif insuffisant pour agir, un manque d'armement, pas assez de délais pour mener les interrogatoires, face à une hostilité croissante de la population, et la multiplication d'actes de sabotage « *communistes et terroristes* ».

Où chercher ? En fait, j'agaçais la préposée à qui, sans cesse, je demandais de l'aide ou des conseils dans la méthode à suivre. Elle préférait les généalogistes ou les étudiants en histoire qui, sûrs de leurs demandes ciblées, plongeaient dans leurs piles de documents, manuscrits craquelés et plans parcheminés, et, de la journée, ne levaient plus le nez sinon pour un bref regard à l'horloge ou au travers des baies ouvrant sur un triangle de pelouse, des saules, un banc. Certes, je manquais de précision. Et voilà que je lui réclamais d'autres registres ou des bobines à sortir des rayonnages, qu'un chariot aux roues caoutchoutées déposerait à heures fixes et selon les rotations à ma place numérotée (une fiche dite « fantôme » se substituant alors aux emprunts), et tant pis si une fois sur trois je devais me faire réexpliquer le réglage de la boîte à outils de la visionneuse, le fonctionnement des ajustements en largeur et en hauteur, ses niveaux de zoom ou de grand-angle, je la maîtrisais mal, clic sur la flèche, double-clic sur le bandeau, la machine allait trop vite ou trop lentement, les pages microfilmées disparaissant ou alors filant d'un coup, sautant les jours, un samedi remplacé par un mardi, l'hiver se substituant à l'automne, quand le document ne se bloquait pas de lui-même, en mode plein écran, et j'avais peur alors que la pellicule ne prenne feu sous la lumière des réflecteurs.

Certes, si la dame ne comprenait pas bien ce que je cherchais (« L'année 1943, même au niveau du département, c'est vaste, et nous en avons des étagères... »), je n'arrivais pas non plus à lui formuler le véritable objet de ma quête : trouver n'importe quelle bribe sur un inconnu jeté avec un millier d'autres dans un convoi de la mort. Mais dans cette atmosphère compassée de salle d'étude, quasi notariale, cela me paraissait incongru, dérangeant, d'énoncer à voix haute mon drame et mon histoire, alors que j'étais déboussolé, à vif, je préférais me cacher derrière des prétextes. Et c'est dans un ultime acquit de conscience, compulsant la chemise « *Étrangers* », « *juifs, turcs, apatrides et romanichels* », à laquelle je n'avais guère prêté attention, qu'un nom glissa, se concrétisa et apparut en haut d'une des feuilles, tel un écueil. Le sien. Classé par erreur…

Je n'avais plus qu'à lire. Mais, durant plusieurs minutes, assis à la table de consultation, un malaise me brouilla la vue. De fait, j'étais *aveuglé* par ce que je voulais voir et, devant ce trou optique qui persistait, j'avais été tenté de demander à mon voisin qu'il me lise le document à voix haute, les lignes étant devenues du charabia, une langue absurde, les mots formant un serpentin de figures géométriques, disloquées, opaques…

Il s'agissait de sa fiche, et sa fiche, c'était lui !

Je me levai, allai boire un verre d'eau et revins m'asseoir, espérant que les phrases reprendraient leur logique.

L'écriture bleue, déliée et rapide, paraissait être celle d'une dactylo ou d'un agent pressé. Les parties à remplir avaient été effacées à la gomme dure jusqu'à en abîmer le papier, puis réécrites avec un léger décalage. À l'époque, la secrétaire n'avait pas cherché à dissimuler son erreur : elle avait annulé son premier jet et recommencé dessus ou à côté. À moins que quelqu'un, par la suite, eût tenté de camoufler les choses, falsifiant telle ou telle donnée ?

Comme la photocopieuse à pièces était en panne, je dus photographier la fiche avec mon portable, me promettant de la faire imprimer à l'hôtel et de la déchiffrer plus au calme, dans ma chambre, sitôt ma capacité d'analyse retrouvée. Puis je réintégrai ladite fiche dans le bon dossier, respectant l'ordre alphabétique, avec le sentiment d'accomplir mon devoir – non pas que se trouver dans la chemise des «*Étrangers*» fût infamant, mais ce n'était pas sa place.

Je rendis le tout à la préposée.

— Vous avez trouvé ?

— Oui, merci, un bon début, éludai-je, d'un sourire.

Enfin, je me levai, soulagé autant que défait par ma trouvaille. J'avais hâte alors de sortir, de marcher dans la rue, au grand air, d'aller boire un verre dans un bar, de me fondre dans la rumeur de la ville. Même si la fiche ne devait rien m'apprendre de plus et ne m'apportait pas encore de pistes nouvelles, n'étant qu'un constat à un moment X, elle recoupait mes premières informations. Et puis elle était, malgré tout, un écho de lui. Rédigée à la demande d'un certain M. de Buron, le 9 novembre 1943, elle mentionnait son nom, sa date de naissance, domicile et profession, sa situation de famille, les personnes à charge – Ronan étant encore compté alors qu'il était déjà en Angleterre –, son passé militaire, et ses lieux de détention à cette date-là («*Brest-Compiègne*»). Quant au motif de l'arrestation, il était résumé par ce terme insupportable: «*inconnu*». Dans l'autobus qui redégringolait par les faubourgs de Penvillerc'h et de Kerfeunteun, je me le répétais comme un idiot qu'on vient de gifler.

13

En direction du cap, à hauteur du dernier hameau, la côte de Kergat n'est plus qu'une falaise entaillée, crépue de landes. Un sentier de douaniers zigzague entre ses arêtes et ses à-pics. Hérissés sur les pentes, des pins donnent à ce coin son air d'Adriatique. Aux beaux jours, l'air emporte partout le parfum sucré des ajoncs. On aperçoit Douarnenez, en face, alors que les derniers pans de nuit s'entêtent.

Un sloop bicolore, *La Rose effeuillée*, a quitté le port une heure plus tôt. À bord, trois pêcheurs. Commandé par Joseph Menesguen, il s'agit d'un sardinier, voile et moteur à essence Baudouin de vingt chevaux, dix mètres de long. Son nom fait référence à un cantique dédié à la Vierge Marie.

Dans la nuit, de plusieurs points différents, trois groupes ont convergé à pied, sans emprunter les routes, vers un hameau de quelques fermes. Parti le matin de Plomodiern, Ronan s'est fait déposer par une connaissance. Avec ses tickets de rationnement, il s'est arrêté à la boulangerie pour acheter une boule de pain puis, une dernière fois, il a regardé la vitrine de L'Île au Trésor, rue de Reims, bistrot et bazar, où il s'attardait enfant. Sur un vélo d'emprunt, il est descendu ensuite derrière le port où il a attendu la nuit chez un camarade, rue Charcot, sans trouver le sommeil, trop excité. Il connaît la presqu'île : ce Brestois passe depuis l'enfance ses vacances dans le coin, il s'est baigné dans chacune des criques, a canoté partout à bord d'un doris. Sous son blouson en toile, Ronan porte un pull marin. Il a un pantalon de golf, de solides godillots. Dans son sac, quelques affaires, un Opinel, des cigarettes et sa carte d'identité. Un autre Brestois le rejoint, Jean-Yves.

Vers trois heures du matin, au signal, deux coups sur le volet de bois, ils sont partis dans le noir, rejoints par quatre garçons qui, eux aussi, progressent vite et se taisent. Parmi eux, un certain Le Goff, un type précis et alerte. C'est grâce à ce copain que Ronan est de l'aventure. Au pas de charge, ils parcourent sept à huit kilomètres avant de bifurquer à la hauteur d'une poignée de pentys encastrés les uns dans les autres. De là, par des sentiers et des éboulis, ils vont atteindre une anse discrète. Annonciatrice de chaleur, la brume a envahi la baie. Elle monte jusqu'aux pins, mélange les repères en les noyant. Le groupe s'est rassemblé : dix-neuf au lieu des dix-huit. Un tirage au sort en élimine un qui refuse le verdict. Il y est, il reste ! Lui aussi a pris trop de risques. Hors de question de rebrousser chemin !

Ronan n'a pas vingt ans. Mèches brossées en arrière. Regard gris-vert. Nez droit. Pas très grand mais bien proportionné, souple comme un acrobate. Il doit faire tourner les têtes des filles de la presqu'île ; il a tout du jeune fauve, l'opiniâtreté en plus, et quelque chose de ténébreux…

Comme des centaines d'autres, il veut passer en Angleterre. Tous souhaitent en découdre avec le Boche. La plupart s'engagent par patriotisme, conscience politique ou sur l'idée qu'ils se font d'un destin, mais quelques-uns sont là pour partir, poussés par une démangeaison d'inconnu, l'ivresse de voir le monde, sans doute aussi d'échapper aux carcans, et ce besoin d'être soi. Certes, la guerre a tourné. Si le Reich semblait invincible en 1940, la donne a changé trois ans après. L'Allemagne s'est cassé les dents sur la résistance des Anglais. Maintenant, elle vacille, bombardée à son tour sur ses villes, ses usines, ses routes et ses voies ferrées – ce pourquoi le Führer exige des « armes miracles ».

En novembre 1942, les Alliés, avec leurs colonnes de chars, leurs escadrilles, leurs centaines de milliers de soldats, sont en Afrique du Nord. Ils ont défilé dans la Tunisie libérée en mai 43 ; ils ont investi la Sicile en juillet, et vaincu les forces italiennes. La Corse sera libérée en octobre. À l'Est, le rouleau compresseur soviétique a aussi écrasé les Allemands à Stalingrad, et la bataille de Koursk, en août, fut un revers pour Hitler. La décision sera prise courant novembre de préparer le débarquement en France. Le début de la fin.

À sept heures, le sloop apparaît, vire, aborde dans l'anse convenue, près du cap aux Mouettes, à quelques centaines de mètres de la grotte Absinthe. Les gars dévalent les derniers mètres, par grappes, courbés, de crainte d'être aperçus. Ils embarquent, s'allongent sous le pont, tête-bêche, en sardines, dans l'odeur âcre du fuel et la saumure. Une périlleuse traversée les attend sitôt qu'ils auront dépassé la pointe. Feignant d'aller pêcher, ils remonteront plein nord dans les parages de Béniguet. Puis, cap sur l'Angleterre. Rendu malade par l'émanation des gaz du moteur, l'angoisse au ventre, Ronan cherche le sommeil contre la coque où cognent les flots. Parmi eux, un ou deux emportent dans des boîtes étanches des documents transmis par la Résistance.

Aujourd'hui encore, ce paysage a gardé sa majesté calme. Au pire, quelques sentiers ont été élargis, une poignée de maisons ont surgi au hasard des lotissements. Même si le hameau n'a pas bougé, plus fleuri peut-être, plus accessible, ses sentes à travers les genêts sont nettes mais glissantes et caillouteuses. À les reprendre à pied, j'ai comme ces « clandestins de l'Iroise », il y a soixante ans, au bout des falaises, la surprise et l'émotion d'un pays fracturé par la mer.

« Qui donc a effeuillé la rose ? » demandera le premier officier britannique sur le port de Newlyn, en Angleterre, trente-six heures plus tard, le 13 août 1943

– ce port était connu des pêcheurs de la presqu'île qui y faisaient relâche.

Ils ont réussi ! En dépit d'un patrouilleur allemand qui s'est approché puis les a dédaignés et de deux hydravions ennemis qui les ont survolés, ils sont passés. À la nuit, la mer a forci. Feux éteints, ils ont mis à la cape pour attendre le lever du jour. Les hommes murmuraient dans le silence, ballottés. Certains étaient remontés sur le pont pour détendre leurs jambes ankylosées, distiller leur début de nausée. Les vagues léchaient le sardinier… Un chalutier a fini par surgir, d'en face. Bon prince, le capitaine leur a offert du pain et une fiasque de rhum, il les remorquera. Sur la BBC, Radio Londres diffusera le message convenu : « La rose est la plus belle des fleurs… » Les gars sont sains et saufs. Le réseau enclenche l'étape suivante.

Deux embarcations de volontaires suivront, le *Rulianec*, le 13 août, puis *Le Petit Joseph*, le 14 août, tentative malheureuse qui, par cafouillage, ratés et trahison, s'achèvera par plusieurs arrestations. Très vite, les Allemands vont fouiller le port de la presqu'île, ratisser les ruelles, afin de démanteler le dispositif…

À Londres, dans la cour de la caserne Surcouf, une photographie souvenir a été prise, ceux de *La Rose* avec ceux du *Rulianec*. Dix-neuf de ces clandestins disposés sur deux rangs, le premier assis sur un banc, le second debout derrière, lors de leurs retrouvailles – il en manque plusieurs, certes, dont Ronan, mais une mention sur le document, publié dans une revue d'histoire locale, précise qu'il aurait dû être là. Son copain a fière allure et crâne un peu. Tous sont en civil, avec quelques rares effets militaires, la plupart en pull marin ou en veste. Deux ou trois arborent une tignasse gominée. Visages de mômes qui sourient de leurs dents blanches. Bachi de travers, vareuse déboutonnée, polo, pantalon de toile de pêcheur… La Bretagne est de l'autre côté de l'océan, le conflit semble si loin. Il en engloutira pourtant plusieurs.

Une seconde existence commence. Et c'est une aventure épatante pour ces provinciaux, fils d'artisans, paysans, gars de la Bretagne qui n'avaient jamais quitté leur lopin de terre ni, pour la plupart, vu une capitale si moderne, cosmopolite, avec tant d'autobus, de voitures, de foule sur les trottoirs déambulant entre les hauts immeubles de briques. Ils doivent être auditionnés par l'Intelligence Service, à Patriotic School, puis par le BCRA, les renseignements de la France libre, on craint des infiltrés. Mais, en attendant, Ronan et ses copains, vêtus de frais, quelques livres sterling en poche, s'en vont en goguette visiter Piccadilly Circus, Trafalgar Square et Kensington Park, ce sont déjà des *free Frenchies*, des Français libres… Ils empruntent le métro, dont les stations servent d'abris anti-aériens, s'amusent dans les rames qui tanguent. Sur les berges de la Tamise, ils raffolent des *fish and chips*, fument du tabac blond en sifflant les filles en jupe, achètent des souvenirs qu'ils rangeront dans leur armoire de chambrée. Le soir, ils rentrent à Patriotic School. Lui joue au foot sur les pelouses, s'essaie au rugby, lance des défis au crawl dans la piscine, se risque à l'équitation.

Tous les camarades sont formidables ! L'été est splendide ; les arbres explosent de feuillage ; la bière brune est bonne ; il parle un peu anglais ; la victoire est du côté des Alliés. Pourquoi douter ?

Repéré pour son « *excellence* » et ses « *qualités de leader* », Ronan rejoint alors dans les mois qui suivent l'école des élèves officiers à Camberley, puis, en Algérie, l'école militaire de Cherchell. Sur l'unique photo de cette époque, il porte l'uniforme des FFL, style anglais, blouson court serré par une ceinture, le mot « France » sur l'épaule, croix de Lorraine au col. Il a le regard droit, altier et rageur…

Promu aspirant, il entre au contre-espionnage, les services spéciaux. Que fait-il à Alger ? Impossible à savoir. Il ne donne plus de nouvelles. Il réside à l'hôtel Montpensier, près du square, ses bureaux sont rue de la Lyre, au pied de la casbah. Les documents du service historique de Vincennes ne détaillent jamais ses missions. Toutefois, j'ai réussi à relever une autre de ses adresses, cette fois au Maroc, à Fès, immeuble de l'Urbaine, place Lyautey : un imposant bâtiment blanc, au cœur de la ville nouvelle. Il logeait à l'été 1944 chez une certaine Mme Tertian qui, au même titre que sa mère, à Brest, était « *à prévenir en cas de nécessité* »… Qui aura-t-elle été pour lui ? Un amour ou un code pour une procédure d'urgence ? Enfin, de manière inexpliquée, Ronan se volatilise, ne répond plus aux ordres des services, puis se rend. De quoi aura-t-il vécu en Afrique du Nord, dans les quartiers indigènes, coupé de toute possibilité de revenir en arrière ? Jugé pour désertion en 1947 par un tribunal militaire, il s'engagera à Marseille, dans la Légion étrangère, sous pseudonyme, il n'a alors que vingt-trois ans. Pour effacer son passé, recommencer. Se taire de nouveau, être un autre. Il n'en expliquera jamais rien.

Je ne croiserai mon oncle qu'à quatre ou cinq reprises, au milieu des années 70. Mince, presque sec, « agréable et de bonne éducation » tel que le décrira un camarade. Onze citations, trois blessures par balle et grenade. Comme ceux qui avaient connu les sables et les rizières, les geôles, la clandestinité et les services secrets, Ronan ne s'exprimait guère, ce qu'il avait vécu dépassait le vocabulaire commun. La guerre avait été son métier, le silence un sacerdoce, il avait été là où la Légion combattait. « *Un mépris absolu du danger* », précisait son livret matricule.

Au début des années 80, nous l'enterrâmes à Kergat. Cinquante-six ans. Alors que l'église sonnait le glas après une messe en latin, son cercueil fut hissé dans le corbillard et, malgré la chaleur, nous descendîmes la rue sous le soleil d'août, à pied, derrière lui, en une courte file devant les estivants interloqués – comme cette Bretagne perdue avait gardé ses coutumes ! Mais le légionnaire avait soigné son final : il était tombé sur le pont de son voilier, foudroyé par une crise cardiaque, gisant entre les voiles affalées, et dans mon souvenir fantasmé il s'en était fallu de peu que son bateau ne reprenne le large, seul, poussé par la brise et le courant, lui allongé en travers, emporté sur l'Iroise…

Aujourd'hui, même si les silhouettes s'estompent, que les enjeux se sont effacés, lorsque je me risque par ce même sentier qui s'entortille au-dessus de la grotte Absinthe et des anses discrètes, comment ne pas songer à lui ? Sculpté par le vent jusqu'à imiter un idéogramme, ce pin de Monterey qui défie l'à-pic de la falaise l'aura vu passer, si jeune, courant vers son destin…

14

J'avais imprimé une copie de mon dossier de recherches pour la glisser dans une enveloppe kraft que je destinais à Pierre. Présumant qu'il ne savait pas tout de l'itinéraire de Paol – et une partie seulement de celui de son frère –, j'y avais compilé par ordre chronologique des faits avérés, des lieux et des dates, mais aussi mes suppositions, mes doutes : le séjour indochinois, la Résistance et le départ de Ronan, le parcours carcéral en France, les camps successifs jusqu'à Bergen-Belsen, sa mort. Mais il me manquait des éléments : son action réelle, les raisons de l'arrestation, cet énigmatique « *motif inconnu* ». J'espérais que mon père aurait pu m'aiguiller ou qu'il accepte enfin ce travail de mémoire, l'accueille avec bienveillance, m'aide à en finir.

Plusieurs fois, lors de mes visites en Touraine ou en Bretagne, j'avais emporté ledit dossier, décidé à le lui remettre, pourquoi pas un dimanche matin, au moment du café que Pierre prenait tôt avant d'aller nourrir et lustrer son cheval, Jazzor, une jument à la robe noire, dans un bâtiment à quelques kilomètres, avec trois box, à la lisière des berges du fleuve – et lorsqu'il était à Kergat, le rituel était identique, le café et le cheval dès l'aube, transporté en van depuis la Touraine dans cette clairière gagnée sur la lande, dotée d'un appentis. Mais, à chaque fois, je renonçais.

Cette histoire avait fini par sédimenter en lui, le silence était son deuil. Impossible d'approcher, de tourner autour, d'en parler de manière intelligible. Pierre coupait court, éludait, rechignait. Faisait barrage. Chaque tentative pour grappiller une adresse, un nom, la moindre anecdote venait s'y briser. La mauvaise entente entre son frère et lui avait tari les autres sources possibles. Que devenir dans cette absence de faits, de lieux et de mots ? J'étais comme dépossédé de moi-même. Car ce qui avait bouleversé mon père me faisait souffrir à mon tour, c'était devenu mon héritage, ma part, et il m'avait fallu à un moment consulter un psychologue pour essayer de sortir de cette spirale qui, d'une génération sur l'autre, recommençait et me rongeait. Ne rien tenter de savoir, n'était-ce pas les abandonner les uns et les autres, et me perdre à mon tour ? Au fond, à cause de ce manque, n'arriver jamais à me saisir en entier ?

Et c'est pour cette raison que j'aurais aimé que, comme un père avec son fils, une fois, durant toutes ces années, il me parlât de lui, de son père à lui, et côte à côte ou face à face, il aurait égrené un peu de la tragédie et je lui aurais répondu, comme un fils avec son père, que je comprenais tout ça, bien sûr, que j'en serais le gardien et le passeur à mon tour, puisque ce qui nous avait forgés m'appartenait, que Paol était aussi *mon* histoire, que j'en ferais peut-être un livre parce que je ne savais rien faire d'autre de plus vrai qu'écrire, essayer d'écrire, ce qui ne le serait pas étant comme perdu, et que la vie d'un homme était celle de tous les hommes, et la peine d'un père, celle de tous ses fils. Mais non… Alors, à cause de tout ça, je le laissais à ses rituels, son mutisme, enfiler sa veste matelassée à losanges, la même depuis longtemps, charger le coffre de son break qui finira par prendre feu, dans un parking, sans doute un faux contact électrique au tableau de bord, s'en aller et revenir deux heures après avec ses bottes boueuses de cavalier (ayant suivi une formation au Cadre noir, l'équitation était depuis sa religion et, où que nous ayons vécu, en France comme à l'étranger, il lui avait fallu monter ses hongres et ses juments, quitte à s'en faire prêter, à en prendre en pension, en louer ou en acheter, possédant même à Tananarive un cheval de tiercé réformé, Majunga, qui ne connaissait que sommeil ou triple galop, et nous éreintait), de toute façon il ne servait à rien de l'accompagner jusqu'à Jazzor, car celle-là, en piteux état, l'accaparait, il s'entêtait à la sauver même si elle était condamnée, les antibiotiques n'ayant pas eu d'effet, sabot et paturon entamés puis gangrénés suite à un accident de van, mais il tenait plus que tout à sa jument martyre qui clopinait, accusant une forte gîte. Non, je n'allais pas l'entraîner vers ce passé, en raviver les plaies avec le sel de mes questions.

Pierre avait pris sur lui, petit garçon au chagrin vissé à l'intérieur qui avait dû grandir, il avait tenté de dépasser le vertige d'être à jamais un enfant sans père, un enfant de déporté, un orphelin qui attend, et il m'avait confié sans le vouloir le relais, le *témoin* comme on dit dans une course, moi-même plus insolé que les autres, d'un tempérament plus sensible ou plus fragile peut-être, tentant de m'en défaire, en raboutant ce qui ne passait pas… Mais je revenais le dimanche soir à Paris, bredouille tel un chasseur ayant raté sa cible, contrarié et amer, avec le dossier que je n'avais osé ni lui soumettre, ni lui abandonner dans son bureau décoré de fétiches africains et océaniens, d'un sabre de dragon, de tableaux où la mer avait pris la poussière (des anses enrochées où cassaient les houles), un résumé qui, passé sa stupeur, sa colère, aurait peut-être constitué à la nuit tombée, mon TGV parti, l'amorce d'un dialogue au téléphone, un pont entre nos précipices. Entre nous deux.

Comment l'entretenir de ce projet sur lequel je m'épuisais ? Comment lui faire admettre que l'absence de Paol s'était fichée en moi, et que la blessure s'envenimait ? Oui, il me fallait reprendre cette histoire, me glisser parmi ces ombres et, comme dans ces gravures médiévales où le mort danse avec le vif, entrer à mon tour dans la ronde… Mais, à chaque tentative, la discussion avait tourné à l'échauffourée (qui étais-je pour m'accaparer les défunts ?), aux phrases cinglantes, aux injonctions (cette fois-là, sous le choc, une paralysie figea quelques minutes mon visage du côté gauche et, lèvre pendante et œil larmoyant, je dus cacher ma pauvre gueule derrière un buisson), un « froid » s'instaurant durant plusieurs mois, comme si toucher à la filiation et à la mort restait deux tabous, comme si parler me rendait fautif, et je repoussais une énième fois cette confrontation, préférant pour en discuter d'être en Bretagne plutôt qu'en Touraine, en solo plutôt qu'en famille, dehors plutôt que dans la maison, au jardin et non pas près des box, à pied et non pas en voiture, bref, trouvant mille prétextes pour reporter cette affaire où je mettrais mon projet à découvert… Au final, rentrant à Paris en n'ayant rien tenté, dépossédé de mon intention, j'aboutissais chaque fois, tandis que je retraversais les hameaux brouillés par la vitesse du train, à la même conclusion : mon père ne changerait pas d'attitude, il fallait me résoudre à aller seul en Allemagne, au camp de Dora, l'épicentre de la déportation de Paol, je ne pouvais plus faire autrement, et cherchant à me dégager des reproches ou des incompréhensions j'étais pareil à un pilote d'aérostat qui, pour prendre de l'altitude et voler à l'air libre, doit lâcher ses sacs de lest…

Toutefois, au-delà des malentendus et des reproches, Pierre restait l'unique compagnon de cette équipée, et rien ne m'aurait paru plus nécessaire que d'être avec lui. Me risquant plus loin que mes circonvolutions autour de Plomodiern, de Brest, de Quimper ou de Compiègne, l'un de mes rêves aurait même été, pourquoi pas, de partir en sa compagnie jusqu'en Allemagne, et à cheval, oui, à cheval, par vallées et forêts, en suivant un itinéraire relevé sur une carte d'état-major (le trait de notre course, la croix de nos haltes dans des maisons d'hôtes et des centres équestres), deux cavaliers l'un derrière l'autre, à travers l'Europe, bref, de nous lancer dans un périple à la fin de l'automne, en devisant dans le cliquetis des étriers des jours enfuis, de sa guerre, de ses missions en Polynésie, de notre séjour à Tananarive, où nous fûmes si heureux dans la maison d'Ambohimanga parmi les oiseaux rouges, les plantes proliférantes, les chiens et les fratries de caméléons. Nous habitions alors loin de la capitale, au milieu des collines de latérite, en lisière des forêts d'eucalyptus. Il m'avait appris à monter à cheval, dans un rond de sable et de sciure, entre les guérites et les casemates, demi-voltes et serpentines, pour galoper ensuite, chaque dimanche, dans les sentiers envahis de sauterelles, vers les rizières, les enclos à zébus. Et, pour cette fois-là, au fur et à mesure de notre progression, les choses d'avant et d'après se seraient mélangées, nous unissant dans notre histoire commune… Mais il aurait fallu être raisonnable, abandonner les chevaux et leur préférer la sécurité d'un train à grande vitesse ou, mieux, le confort d'une grosse voiture. Des bourgades françaises puis allemandes auraient défilé derrière les vitres. Pas moins de dix ou onze heures, via Cologne et Wuppertal, pour plus de huit cents kilomètres. On se serait arrêtés de temps à autre pour un café, un sandwich, un plein d'essence. Dans l'habitacle, calfeutrés, nous aurions écouté des concerts de musique classique, son autre passion – pourquoi pas, dans la tiédeur de la voiture, la route glacée filant derrière les vitres, le *Winterreise*, le voyage d'hiver, de Schubert ? On aurait dormi en route, peut-être à Kassel, une chambre twin, vue sur un jardin clos (allongés sur notre lit, face à la télé au débit intraduisible, ne trouvant pas le sommeil, ruminant tout ça en dépit des comprimés, enveloppés dans nos draps comme dans des toges lorsque nous aurions fait des allers-retours jusqu'au mini-frigo pour choisir une bouteille d'eau minérale ou une cannette de thé, lui rappelant le cadeau qu'il nous avait fait à mon frère et à moi, deux djellabas achetées au Maroc, et que nous portâmes durant notre adolescence comme robe de chambre, de sorte que sur la plupart des photos Pierre ressemble, lorsque nous l'entourons, à un bey entre ses pages dociles), pour repartir le lendemain après un petit déjeuner, l'autoroute, les hameaux, les panneaux en allemand. Enfin, nous aurions atteint la Thuringe, le mont Kohnstein, au sud du Harz, Nordhausen, Mittelbau-Dora, la dernière étape ou presque de la déportation de Paol, le site souterrain des fusées nazies, que nous aurions visité en nous soutenant (les portières claquant dans le froid, nos pas mordant la neige, le nuage de nos haleines, et ce premier saisissement à la vue du site entre les collines), le vieux colonel et son aîné débouchant du parking, avançant vers les bâtiments, passant le porche, relevant d'un coup d'œil les coteaux, les baraques, la place d'appel où, sous les projecteurs, les déportés en pyjama rayé, bonnet de mitron et sandales de bois, formaient un bloc décroissant et terrifié, et puis les rails plongeant devant, vers la chaîne des missiles, ces alvéoles creusées à même les parois pour servir de bat-flanc, le plus éprouvant à voir dans les galeries…

Mais Pierre n'envisageait pas un tel périple, c'était son droit, il avait survécu à ça, enfouissant son drame et sa peine. Qui donc, à part moi, reconnaîtrait Paol parmi les ombres ?

15

À Compiègne, dans l'Oise, la caserne de Royallieu est devenue le *Frontstalag* 122, un camp de transit et d'internement, dépendant de la Sipo, le service de sûreté nazi, où sont regroupés les adversaires du Reich. Une zone de quinze hectares, avec vingt-quatre bâtiments en dur, chacun faisant soixante mètres de long sur quinze de large, entourée de plusieurs rangées de barbelés. Même s'il s'agit d'une prison en tant que telle, la gestion est confiée aux détenus eux-mêmes, un responsable et un gros secrétariat se chargeant de l'administratif comme de la répartition des corvées. Il est rare que les soldats de la Wehrmacht soient présents à l'intérieur ; aux prisonniers de se débrouiller, même s'ils sont surveillés du haut des miradors…

Comme l'a raconté un témoin, les hommes arrivaient là « *vêtus comme dans l'instant où ils avaient été arrêtés : des garçons de café en tenue de travail, des types en manches de chemise, des receveurs d'autobus…* ».

À chacun est assigné un baraquement dans l'un des trois camps, le A pour les Français, le B pour les Anglo-Saxons, le C pour les Russes, les cas « difficiles », les femmes, enfin les « internés raciaux » mis à part. Le prisonnier aura un chef de chambrée, un poêle, une table avec des bancs, d'autres comme lui. Et des poux en quantité.

Dans le camp A, le plus important, la population est composée de résistants, de politiques, mais aussi de prisonniers de droit commun, de types du marché noir, de réfractaires au STO, de jeunes ayant voulu rejoindre l'Angleterre et arrêtés en chemin, de « raflés », de suspects, de collabos qui ont déplu. Certains sont amochés, diminués moralement et physiquement, ils sont passés par des interrogatoires, leur sort a été décidé ensuite. Tous attendent. Tous espèrent. Chacun redoute. Quoi ? Le prochain départ pour l'Allemagne. De façon imprévisible, les listes tombent. Même s'il se répète que ceux qui s'en vont seront employés dans des usines et des fermes, ça ne prend pas. La rumeur laisse supposer que le régime serait différent, éprouvant même pour les plus costauds. Alors, au moindre soupçon, c'est à qui sera déclaré malade à l'infirmerie ou fera jouer ses relations, politiques ou résistantes, dans la petite structure faisant l'interface avec les Allemands. Un nom écarté, un homme sauvé.

En attendant, les nouvelles du dehors filtrent mal, trafiquées, amplifiées dans un sens comme dans l'autre par celle qu'on nomme Radio-Barbelé. Entre les appels du matin et du soir, les jours se froissent ou se dilatent. Les tâches sont sans intérêt : épluchage, nettoyage, blanchissage, voirie, etc. On a beau être entre Français, chacun se méfie, il y a des « taupes » parmi eux. Mais pas question de trop se la raconter, ça rimerait à quoi, ils sont dans le même bain, arrêtés et condamnés, et si quelques-uns tentent des évasions (notamment par un tunnel ou par ce surréaliste saut à la perche au-dessus des palissades), la majorité est promise à la déportation. En fin d'après-midi, dans la cour, les gars s'adonnent au volley-ball ou, le soir, après l'appel, sur l'entremise du doyen du camp, un journaliste de *L'Humanité* organise des conversations autour des quelques personnalités politiques ou culturelles qui sont là. Ils suivent aussi des cours, se défient dans des tournois de belote ou d'échecs, écrivent des lettres, en ruminant leur malheur, en s'épouillant les uns les autres, en demandant à tel ou tel un conseil ou un coup de pouce. Ou bien ils mâchent leurs provisions sitôt les feux éteints, pas question de partager son colis. Faut tenir le coup. Jusqu'à quand ? Les Américains ?

Les convois se multiplient, avec pour destinations Dachau, Sachsenhausen, Buchenwald, mais aussi Auschwitz. Il y en aura vingt-huit. Entre l'annonce et l'heure du départ, les délais sont raccourcis pour éviter tout désordre, toute révolte. Après le rata du midi, devant le *Sonderführer* et les soldats, le doyen et les administratifs, les hommes sont rassemblés. La liste tombe. Pour chaque malheureux, ça revient à sauter dans le vide ou être poussé dans un torrent furieux sans savoir nager. Leur nom claque, ils se rangent sur le côté, à gauche. Défaits. Bouffés par le vide. Les autres les regardent avec soulagement, ils n'en sont pas cette fois. Mais peu y échapperont. La plupart des cinquante mille internés de Royallieu s'en iront.

*

Allongé de tout son long dans l'obscurité, immobile, Paol respirait l'odeur âcre du bâtiment et des hommes malpropres entassés près de lui, la plupart ronflaient, l'extinction était à neuf heures, la veilleuse faisait une lueur bleue dans le couloir qui ne résonnait plus, il avait bien reconnu ce gars à la soupe qui était du même coin que lui, un « pays », ça lui faisait bizarre d'évoquer les images qu'il y attachait, deux arpents, une maison avec un palmier, la baie si large, et le vent sur la lande de Kergat, sa presqu'île lui paraissait à des années-lumière de Compiègne, l'Aulne et l'Elorn n'étaient plus que des puits d'ombre, le Menez-Hom un promontoire dans la brume, et tant pis si l'autre ne voyait pas qui il était alors que Paol l'avait identifié tout de suite, tu es le fils de Jacques, c'est ça, la ferme d'en haut, mais si, suis de Plomodiern, de Brest aussi, Brest même, l'imprimerie L'Avel, les Chantiers de Bretagne, ah bien sûr, faisait l'autre qui ne le remettait pas, faut dire que Paol avait changé, son visage s'était creusé, émacié, les interrogatoires avaient laissé des séquelles, il avait perdu du poids, de l'énergie, et même des souvenirs, il le sentait à l'appel du matin, dans la cour, il traînait la patte, mais, bon, le moral tenait encore, même s'il y avait des précipices et des trappes, même si les envois de son épouse reçus cette semaine et celle d'avant (Jeanne avait ajouté du tabac, des biscuits et, malgré ces temps de guerre, deux boîtes de pâté que les soldats ne lui avaient pas subtilisées) l'avaient perforé, ayant eu tout l'effet contraire, non pas les victuailles qui le revigoreraient mais ses mots à elle ajoutés sur le papier, ses mots d'amour et leurs prénoms mêlés à l'encre, encourageants, optimistes, ces mots qui cherchaient coûte que coûte à le maintenir, à le solidifier, à lui insuffler du courage (telle une vague apportant son flux dans la grotte Absinthe où la voûte, marquée de crevasses et de cratères, rappelait la Lune), à le garder vivant au rang des vivants, et puis à le faire *revenir* à lui, à elle, à eux, leur existence d'avant, la lande, la grève, les sillons et les pentes, la montagne du roi Marc'h, les enfants, l'été et la pluie souvent. Et Paol entendait sa voix, il revoyait le visage de Jeanne, chaque geste de sa main, et sa démarche que la guerre avait un peu sapée, et il sentait bien que tout ça s'effondrait lentement, tel un château de sable que la marée rongerait et emporterait, à moins que ce ne fût le spectacle du marronnier qu'il aimait à observer dans la cour (les branches nues griffant maintenant le ciel), et qu'il était allé caresser en relisant les paragraphes de la lettre (après tout, cet arbre avait traversé plusieurs décennies et résisté à tant d'orages, il s'en était fait un confident, une béquille mentale), et tant pis si la couleur du tronc avait changé, à deux ou trois tons près, plus gris, cendré, les racines apparentes, comme des varices que quelque chose aurait fait gonfler, souffrir, et remonter en surface, un manque d'eau ou une portion de terre acide, au point que les détenus butaient maintenant dedans, s'y prenaient les pieds en râlant, ou plutôt comme si la terre avait disparu par en dessous, laissant l'arbre à la surface, et à l'observer encore et à tourner autour Paol avait compris qu'il était perdu, condamné, tout était écrit et fixé, et la lichette de pâté avait perdu son goût, il mâchait de la mort...

Il était exténué, démoralisé, et c'est avec son effarante solitude qu'il tentait de trouver le sommeil chaque fois, la solitude et cette détresse aussi qui l'enveloppaient, l'étouffaient, quand au mieux il s'assoupissait, des heures hachées où il s'échappait, perdait enfin le contact avec le réel, et rêvait par-delà les geôliers et les casernes, peut-être jusqu'aux ruelles de Saigon, jusqu'à l'ami Lafotier qui offrait des chopes de bière, ce parfum pimenté des soupes aux nouilles au long des pistes, les jacinthes sur le lac, les rizières en damier où, à la pause, il fumait avec ses copains des cigarillos sur les diguettes (devant eux, un buffle levait le museau au-dessus de l'eau saumâtre ; des enfants se chamaillaient pour un oiseau ; plus loin, un bonze glissait dans l'après-midi immobile), tandis que les grognements du berger allemand derrière les barbelés revenaient, obsédants, fureteurs, et le réveillaient encore...

On l'avait inscrit sur la prochaine liste – le marronnier dans la cour le lui avait signifié… Cette nuit-là, il en accepta l'augure au moment où il chutait par la fente du sommeil, il accepta de laisser aller les choses, comme on entre enfin, sans fardeau, dans le miroitement de la mer, parce que tout y invite, la chaleur, la pente des galets, la sueur et les éclats. Oui, qu'il revoie de l'autre côté des choses sa fille Lucie, et qu'il laisse ici-bas les hortensias se faner et refleurir dans les massifs de Plomodiern, ses deux garçons grandir, et qu'en son absence les saisons reviennent sur Kergat et sur Brest, la grotte Absinthe, le Menez-Hom, que Jeanne chante encore son air dans la véranda où sèche la lessive, que l'on revende ses casiers et sa voile rousse. Et que l'Iroise cogne quand même sur le cap, huit ou dix fois l'an, en affolant les bruyères, les abeilles et les chevaux.

*

Il couche une dernière nuit avec les autres sous un auvent d'écurie, sur de la paille pourrie, et puis ils remontent à quatre heures du matin par la rue de Paris, le pont de l'Oise, sous une pluie fine, dans la détresse, l'abandon, jusqu'à la gare de Compiègne où trône un portrait géant du maréchal Pétain.

On est le 14 décembre. Paol a été désigné avec neuf cent trente-deux autres.

Sur les quais, la Wehrmacht a été relevée par la Sipo. Direction Buchenwald. Comme le rappelle l'historien André Sellier, ex-déporté lui-même : « *Les premiers de ces convois sont constitués en grande partie de réfractaires au STO, clandestins, partants pour l'Afrique du Nord. Puis la proportion de résistants plus âgés paraît plus importante, les Allemands ayant décidé de déporter des hommes arrêtés depuis longtemps, après des séjours à Fresnes, Romainville et Compiègne...* » Sans jugement et sans droits, ils fourniront une main-d'œuvre gratuite, corvéable à merci. Des esclaves pour la machinerie nazie.

J'avais contacté au téléphone l'Association Buchenwald-Dora. Deux sonneries, la voix attentive d'une dame, des vérifications dans les fichiers, quelques mots, et puis mon trouble d'entendre au bout du fil quelqu'un d'autre prononcer le nom de Paol, son matricule, ses camps d'internement. Grâce aux archives récupérées après guerre, elle avait pu me certifier sa présence dans le convoi 38000, le cinquième grand transport pour Buchenwald, composé en majorité de résistants français, de Belges, de Néerlandais et de vingt Polonais. Celui-ci qui, à l'aube, s'ébranle en crissant des essieux, via Metz, Forbach, Worms, Francfort, Weimar, parviendra à destination deux jours et deux nuits plus tard, à trois heures du matin. Avec, derrière les vantaux, sa cargaison humaine, assoiffée, détruite d'angoisse, griffant jusqu'à la déraison les parois – et la vie derrière, dehors, qui, comme ce paysage de France dévoré par les roues, les avait laissés filer, ne les reconnaissait plus dans le wagon grinçant.

16

Brest, fin des années 20. Le vibrato continu de l'air marin, l'écho des sirènes et des ferrailles, les goélands sur les gouttières, les réclames sur les murs, et dès la nuit, entre les fanaux, les navires qui, à l'amarre, tintent dans le brouillard. Quand le vent est fort, les drapeaux le long des murailles ont des trépidations hystériques.

Le 10 juin 1927, Paol quitte une deuxième fois sa Bretagne et s'embarque à Marseille sur un navire des Chargeurs réunis, le *Cap Saint-Jacques*, réputé pour sa tenue en mer, à destination de l'Indochine. Mers el-Kébir, Alexandrie, Suez… À Port-Saïd, il voit ses premiers dromadaires et il fêtera ça au carré avec leur cocktail maison, la « Bicyclette », champagne-vermouth, le gramophone distillant ses rengaines. À Djibouti, alors que la structure du navire grommelle dans son dos, il est ébloui par le sable qui fait comme une lame blanche de couteau sous l'horizon. En rade de Colombo, les frondaisons de lianes dévalant vers la mer l'étonnent par leur monstruosité – il a l'autorisation de la Harbour Police de descendre à l'escale, et se perd dans la ville indigène. Puis la côte, à bâbord, Penang et Singapour, qui défile longtemps, entaillée, inconnue (des esquifs de bois et des jonques aux voiles de chauve-souris abordent et s'effacent), le fait rester nuit et jour au bastingage, fasciné, la mer est alors un lac immense, plat, noir et phosphorescent sous la lune. Puis l'air sent la forêt, la pluie, et l'ombre mobile des nuages semble le suivre. Il respire autrement. Il s'en étourdit. Tout était donc aussi là, le monde est multiple, permanent, égal… Plus au nord, il y a des tourbillons à la surface, les vagues ont changé de couleur, des zébrures pareilles à des cicatrices signalent les courants. Il entrevoit des triangles de jungle entre les plantations, des montagnes aux crêtes mauves. Aux escales, des atomes dansent en suspension sur la tiédeur des berges. Et, par miracle, il a cet autre goût de tout sous le baiser de la chaleur, la sensation de se dissoudre comme de renaître au narcotique des latitudes… Puis voilà, enfin, cette rivière de Saigon et, quatre-vingts kilomètres en amont, son port avec les bâtiments badigeonnés de blanc, la poste, les douanes, les bruits de la terre. Il est sur le quai dur, devant sa malle descendue par un câble. Et toutes les choses sont vives et fanées à la fois.

Paol est affecté au 2e régiment d'infanterie coloniale, des tirailleurs annamites. Bretons, Provençaux et Corses constituent le gros des expatriés. Les ports de guerre, comme Brest et Toulon, facilitent les vocations. La propagande en rajoute, les rivalités internationales s'exacerbent, les enjeux économiques accélèrent le mouvement… Avait-il rêvé, lui, devant une carte de l'Empire, ou était-ce une occasion en tant que réserviste pour compléter les effectifs ? Les vapeurs tamponnant leur panache sur le ciel d'Armor auront suffi à l'appâter. N'embarquaient-ils pas, fringants bataillons de « marsouins », vers l'outre-mer ? L'envie de partir se confondait avec celle d'exister plus fort. S'élargir ! Quitter les parapets !

En tout cas, « *désigné pour l'Indochine* » comme le précise son livret, le lieutenant fraîchement promu, ancre et câble d'or sur l'uniforme, laisse à Brest Jeanne et ses enfants en bas âge. Il n'y a guère de facilités à les emmener, on ne le leur conseille pas, il fait là-bas une chaleur d'étuve, les pluies peuvent être diluviennes, les épouses dépérissent sous les ciels violines, les gosses sont fragiles, le paludisme sévit, le choléra aussi, des troubles secouent la région. Le pays n'a jamais été une colonie de peuplement : la plupart des expatriés sont fonctionnaires, militaires et religieux, agents commerciaux, rarement des familles. En mission. En poste. En garnison.

Le soldat ne rentrera en Europe qu'en janvier 1930, à bord du paquebot-poste *Angers* des Messageries maritimes. Deux ans et demi plus tard, donc. Il me reste sa carte de membre au Club des officiers, boulevard Norodom, à Saigon, carton imprimé, couleur orangée, dûment signé. Pur talisman…

Étonnamment, je n'ai pas trace d'un aller-retour

que Jeanne, ou lui-même, ait pu faire entre-temps pour casser la litanie de l'absence. Ils vont s'écrire beaucoup, elle de la rue Victor-Hugo, lui de la caserne Martin-des-Pallières, s'envoyer des photos, au dos desquelles Paol ajoute ses commentaires, se parler des enfants qui grandissent, bien et si vite, des progrès à l'école, de la maison qu'ils voudraient acheter à Kergat, vue sur mer… Enfin, au terme de son affectation, Paol rentre en métropole, tanné, plus sec. Il ne le cache pas : il a été ébloui par l'Asie. Il le cache : il n'est plus le même depuis.

Feignant d'oublier ses heures tropicales et sa villa aux colonnes de stuc, il retourne dans le civil, prend la direction d'une imprimerie de labeur, L'Avel (« le vent », en breton), rue Kerfautras, spécialisée dans les catalogues et les réclames, puis obtient un emploi de responsable du personnel et de chef comptable à l'Union des entreprises continentales, sous-division des Chantiers de Bretagne. Celle-ci, durant la Seconde Guerre, allait être utilisée par l'Organisation Todt, en charge notamment de la construction du mur de l'Atlantique.

Il aménage l'appartement, meubles, vases et rideaux colorés. Ils ont vue sur le port de commerce, les cargos qui sentent l'huile et le sel, les vedettes de sauvetage. Il continue à effectuer des périodes militaires, marches et exercices de tir… Tout va bien, tranquillement – il aime cet ennui assourdi qui repose l'âme –, et tant pis si la nostalgie de l'Asie le secoue parfois comme une crise de palu, qu'il avoue vouloir y retourner, vivre plus vite, plus fort, parmi les manguiers et les pagodons, les rizières et les lagunes, il sent qu'il y a perdu son reste de jeunesse dans le delta du Mékong, il comprend qu'il a vieilli, il a cette fêlure, il lui faut tourner la page, et il enrage…

La presqu'île est en face, à une demi-heure par la navette maritime, telle une proue de grès. Aux beaux jours de Kergat, ils profitent des bois, des plages, des caps où courent lande et bruyères roses. Lorsqu'ils ont nagé de crique en crique à s'en casser les bras, ils dressent des édifices de sable face à la marée ou ils sommeillent dans leurs bouées noires qui tournent sur elles-mêmes, entre deux vagues – ils sont au centre du monde. Ou bien, avec Lucie et Ronan, lassés de « Brest même », ils franchissent le pont transbordeur pour se balader à Recouvrance. Au tournant des rues, l'Iroise ajoute son coup de crayon vert-violet, l'exacte couleur des yeux de Jeanne, elle lui répète qu'elle est heureuse dans la boucle de ses bras…

Le petit dernier, Pierre, naîtra l'année suivante. L'enfant du bonheur.

Les jours sont lents, apaisés et répétitifs. Il faut savoir goûter au temps. Les ciels virent à l'anis tendre. Dans des pots de faïence, Paol fait pousser des palmiers, des *Trachycarpus fortunei*. Parfois, il s'arrête et écoute, mélancolique, le murmure du vent qui, en cliquetant dans les haubans des flottilles, lui rappelle autre chose : le souffle moite et froissé de la mousson sur les bambous.

17

À Paris, j'avais aménagé ma chambre de bonne sous les toits en un bureau de recherches, tout entier consacré à Paol. J'étais parti de rien : quelques photos, trois noms, une succession de camps. Certes, il manquait presque toutes les pièces du puzzle, les témoins ne voulaient pas parler ou avaient disparu, les données étaient minces, il était illusoire de tenter quelque chose avec si peu. Une enquête sur une disparition serait toujours inachevée… Et pourtant ! Comme un inspecteur dans ses filatures, j'avais fini par me prendre au jeu et punaiser au mur des cartes, des portraits, des pages de vieux Bottin, des itinéraires, mais aussi des vues de Saigon, de Kergat et de Brest, agrandies à cinq cents pour cent. Une bibliothèque dédiée accueillait les ouvrages sur la Seconde Guerre, les revues historiques, les classeurs par année, les enveloppes cartonnées pour les originaux, et même quelques brochures imprimées par L'Avel, l'entreprise de mon grand-père, dans les années 40. Sur la table, ce bouddha en jade, de même qu'un modèle réduit de la fusée d'Hergé achetée à Bruxelles, damier blanc et rouge, imitée d'une fusée V2 nazie, allaient servir de presse-papiers pour le courrier ou la documentation à éplucher. Si, comme tout le monde, je menais une vie normale dans la journée, je me réservais chaque matin une heure d'investigations, nourrissant des cahiers et établissant des fiches sur du bristol, limier lancé sur les traces de Paol, en chasse. Il était devenu ma figure centrale. Que pouvais-je faire de plus nécessaire que de le ramener à la lumière ? Et tenter de nouer ce dialogue singulier avec lui…

Pour autant, plus les choses se ramifiaient, plus elles se complexifiaient. Un témoignage venait en contredire un autre, les dates ne se recoupaient plus, il manquait des pièces et des interactions. Tout aurait-il été embrouillé ? À qui s'adresser ? M'égarant dans la fourmilière des réseaux et des mouvements, des sous-groupes et des cellules, manquant d'interlocuteurs, le puzzle restait incomplet. Hormis ce que nous en répétions de manière automatique – résistant, déporté, mort en Allemagne –, je ne trouvais pas grand-chose de concret sur cet homme ordinaire, ni général fameux ni figure de premier plan, simple échelon d'une structure hypothétique. Mais laquelle ? Quel pseudonyme ou surnom ? Avec quels liens entre le père et le fils en Angleterre ? Tout ça était aussi obsédant que désespérant et, évidemment, comme le plaida un proche, tardif et dérisoire. Pourquoi s'entêter ? Peut-être pour rappeler qu'il avait existé, répondais-je, et que sa figure était aussi la mienne, par avance. Mon travail sur leurs vies – pauvre échafaudage de noms, d'adresses pilonnées, de paysages avalés – préfigurait la mienne à venir. Elle était là tapie en eux, possiblement.

Avec le temps, je finis par douter de l'appartenance de Paol à la Résistance – comme je le découvris, une décision du ministère des Anciens Combattants, datant de 1956, avait rejeté sa qualification de « déporté résistant », faute de preuves suffisantes. Surtout, je craignais de voir resurgir quelque fait insupportable, un règlement de comptes, un imbroglio, qui aurait expliqué ce silence creusé comme une douve…

Dès lors, j'abandonnai sa période que je supposais de lutte pour me focaliser sur les camps, l'aval de son parcours, où, hélas, j'avais plus de faits et de certitudes. Jusqu'à l'écœurement, je compulsais les récits sur Buchenwald et Dora, je traduisais sur Google des chapitres de livres allemands, j'achetais des ouvrages sur la répression nazie, l'évolution des fusées allemandes ou la libération de l'Europe. Je ne manquais jamais un documentaire sur la machinerie concentrationnaire. J'assistais à des conférences données par des amicales de victimes où je rencontrais des fils, des nièces et des cousins qui, eux aussi, cherchaient quelqu'un, des photos craquelées ou des photocopies de papiers dans leur portefeuille ou leur sacoche. Nous nous abordions timidement en nous demandant les uns les autres « de quel convoi il était »…

Je connaissais par cœur ce texte de l'ancien déporté

François Le Lionnais où, lors des appels, entre « *les gardiens imbéciles* », celui-ci égrenait devant ses compagnons alignés la liste des chefs-d'œuvre du Louvre, leur façon à eux de résister. Près de Lille, sur le site d'Helfaut, j'eus même la chance de m'entretenir avec l'un des derniers déportés du convoi 41000, très jeune à l'époque, et ce monsieur à crinière blanche qui portait encore beau me raconta Compiègne, le transfert, sa survie à Dora, la soif, les poux, les coups, les nuits avec les morts, la chance qui vous accorde un répit ou vous lâche, la solidarité, même s'il fallait survivre d'abord, elle existait, « entre Français, on s'appelait par nos prénoms », me précisa-t-il. Il était dans le tunnel à la même période que mon grand-père, début 1944, mais ne se souvenait pas d'un dénommé Paol. Après guerre, me raconta la fille d'un autre, les survivants dont son père se reconnaissaient entre eux, où qu'ils soient, dans le métro ou un magasin, « à cause de quelque chose dans les yeux ». Marqués par une empreinte indélébile, pareille à du vide ou une brûlure, qui avait modifié leur regard. Ces détails-là, énoncés d'une voix ténue, me percutèrent.

Bien sûr, j'avais tenté de comprendre aussi ce qui s'était passé avant, à Saigon, période faste pour lui, lumineuse. J'épluchais des collections de journaux d'époque et, chez des marchands spécialisés, achetais des lots de cartes postales sépia pour les paquebots de ligne, les ports d'escale, rues ombragées et bâtiments français, où je scrutais les cafés, les pousses, les femmes en aodaï sous le feuillage, les hommes en costume clair devant des bocks – et si cette silhouette, au troisième rang, parmi les sièges cannelés, c'était lui ? Le décor alors s'ouvrait, il n'était plus l'otage de sa fin tragique, il respirait mieux, et moi aussi.

J'étais toujours ému par les photos de lui prises à la fin de 1929, comme indiqué au verso d'une écriture serrée et pointue, où les consonnes sont parfois plus grandes que les voyelles. Elles étaient devenues le catalyseur de ma rêverie. Celle notamment où Paol est assis sous un palmier hirsute. Elle fait partie d'une série de trois images saigonnaises, tel un découpage de film de cinéma muet. Mais, ayant voulu les montrer à un couple d'amis dont la jeune femme entreprenait des recherches sur sa famille juive et polonaise (du septième étage, dominant les toits de Montmartre, leur appartement de guingois évoquait un donjon en plein ciel), je m'étais aperçu au retour, dans le métro, que je n'avais plus dans mon portefeuille le troisième cliché, et j'avais eu beau téléphoner chez eux, insister, non, désolé, affreux, il n'y en avait aucune trace. Et, même s'ils avaient eu la gentillesse d'interroger leur concierge, d'afficher un mot dans le hall – « Avons égaré photo ancienne, merci de nous prévenir, valeur sentimentale » (ce « nous » de circonstance m'avait touché) –, cette image s'était perdue à jamais, un fragment de la vie de Paol, tombée sur le trottoir et emportée par l'eau du caniveau et les balais de la voirie, et alors que je la croyais inscrite dans ma mémoire de façon indélébile, voilà qu'elle s'effaçait par morceaux, à croire qu'elle n'avait jamais été prise, prélevée dans son passé (ce jour-là, il faisait trente-cinq degrés et il allait pleuvoir dans les cours plantées de bambous et sur les toits bistre, la mousson remplirait les jarres), mais Paol y souriait, alors que sur les autres il restait mélancolique, un peu las, comme distant.

Sur les deux premières images, prises à quelques minutes d'intervalle (le photographe se déplaçant pour composer avec le soleil filtrant du claustra), Paol pose dans l'entrée, entre des colonnes en stuc, avec son copain rondouillard (Lafotier), ils fument leur clope, ils sont près de la porte du fond, droits, tendus, ambiance *Pépé le Moko*, on s'attendrait à une détonation de revolver... Puis il s'est assis à droite, au premier plan, devant une table recouverte d'une nappe à carreaux, sous ce palmier (l'autre et lui, jambes croisées, se partageant la banquette en osier). Il prend appui sur son bras gauche et penche la tête en arrière ; la lumière vient sur lui latéralement. Cheveux courts. Traits fins mais virils. En dehors du service, il porte une chemise et un pantalon larges et blancs comme les premiers joueurs de tennis. Élégant jusque dans le geste de sa main, avec une onde de sensualité, un rien d'absence...

Deux bocks et une tasse à café luisent au premier plan, un livre sur la table, il fait chaud. En comparaison, le carrelage à motif de carrés et de ronds paraît frais. Un plateau ciselé, style marocain, accroche des reflets. Sur l'une des colonnes en stuc, on distingue à mi-hauteur, mais sans le déchiffrer, un panneau avec trois lignes en caractères d'imprimerie. Peut-être ne s'agit-il pas de leur maison, en périphérie de Cholon, le quartier chinois de Saigon, mais d'une arrière-salle de restaurant ou de bar, voire du club, celui des officiers, une bâtisse chaulée avec des arcades, des ventilateurs tournant comme des hélices d'avion. Sur la dernière photo, perdue donc, ils devaient être debout, plus assurés de leur allant (l'autre copain, avec une moustache de danseur de tango, l'appareil contre son ventre, les chambrait sec, du genre « Eh, les gars, on va pas rester plantés comme des sagoutiers ? »), prêts à arpenter les boulevards. Quatre ou cinq heures de l'après-midi, la température n'était pas tombée mais la ville bruissait déjà de son fourmillement, et j'y pressentais mille aventures, une existence dopée, tout le romanesque du monde, loin des répétitions, de l'usure…

Paol a un visage en lame de couteau, amaigri – à cet âge, Ronan, qui lui aussi ira en Indochine vingt ans plus tard, lui ressemble au point qu'il me faut vérifier les dates au dos des rares photos pour les reconnaître. Sur le cliché où il est assis, Paol a les paupières cernées d'un acteur de cinéma muet. À côté, Lafotier, costaud et plus rond, costume-cravate (!) et clope au bec, a l'air d'un provincial madré, monté en ville, rompu à la vente de machines et de barriques. Mais la chaleur et l'humidité l'incommodent, et c'est lui qui, pour compenser, commande bières et Pernod. Il n'a pas la souplesse animale de Paol. Ce Lafotier ne semble pas aimer tant que ça le pays : il paraît pressé et bougon, il n'est pas en permission, il fait un *break*. Il est là pour affaires, rivé au taux de la piastre, aux rotations des cargos vers la France, il se fiche du reste, il veut du rendement, que les filiales de Poinsard & Veyret, à Phnom Penh et Hanoi, rapportent. Avec leur code d'honneur, ces « traîneurs de sabre » le distraient. Et puis mieux vaut être en bons termes avec la troupe !

À la caserne, Paol appartient au groupe Cochinchine-Cambodge. Il entraîne à Saigon et dans la région du delta des compagnies annamites, prenant part à des « exercices de combat », vers la côte ouest, à une centaine de kilomètres. Il assure sa mission et touche, pour cause d'expatriation, une meilleure solde. Je soupçonne qu'il se soucie peu de la politique, des lobbys, de ce parti communiste, fondé par Hô Chi Minh, qui fera reparler de lui. Il préfère se taire sur ce « malentendu » – peut-être a-t-il partagé ce sentiment ignoble de supériorité ? En tant qu'officier, il ne lit pas la presse anticolonialiste, comme les feuilles de *L'Indochine enchaînée*, journal d'André Malraux, que les autorités ont fini par étouffer. Il doit sous-évaluer le mécontentement des classes moyennes. Comme ses camarades, il estime à tort que la politique d'« association » contrera le nationalisme, que quelques milliers d'Occidentaux ne peuvent contrôler des dizaines de millions d'individus sans un accord de leurs élites, et puisqu'ils l'ont obtenu, du moins sur le papier, ils ont les coudées franches. Il se persuade que la France apporte beaucoup avec ses écoles, ses hôpitaux, ses ponts, ses ports en eau profonde, et il a raison, mais il oublie que les Indochinois après la Première Guerre voient leur « maître » différemment, qu'il ne fait pas bon être un coolie dans les plantations ou un ouvrier dans les manufactures, que les matières premières filent vers l'Europe pour l'enrichir, qu'il faudra casser du « révolutionnaire » et punir, y compris dans les troupes coloniales. L'égalité et la fraternité s'exportent mal. Il n'envisage pas non plus que les « incidents » vont se multiplier dès 1930, qu'il faudra réprimer comme à Yên Bai, que le destin du Vietnam est déjà en marche, et que tous ces Français en costume de coton et moustache cirée ont tort sur presque toute la ligne. Ils se feront tôt ou tard sortir de ce pays qui ne leur appartient pas.

Pour l'heure, le lieutenant participe à des tirs de batterie d'artillerie, des canons de 105 et des 65 de montagne, des marches d'endurance et des parades où il défile en tête de son peloton, eux sur quatre rangs avec le salacco, le couvre-nuque, la culotte kaki, leurs visages couleur de buis foncé toujours impassibles, lui devant, donnant le pas, martial sous le soleil, sabre au clair parmi les mouches et le parfum des tamariniers. Il applique les ordres en semaine et profite de ses dimanches pour faire son courrier, lire de la poésie, canoter au gré du Mékong. À bord de l'auto à jantes peintes de Lafotier, une Citröen Trèfle, pour laquelle il enfile alors une calotte de cuir et des demi-gants pour conduire, ils poussent dans les méandres du delta ou jusqu'à Dalat, station de villégiature, avec sa gare imitation Deauville, ses villas basques ou à la normande, pour chasser ou déguster des fraises. Paol est aux colonies et celle-ci est encore, à la fin des années 20, la plus suave d'entre elles. Il en apprécie les allées ocellées de lumière, le quartier de Cholon (au bout de l'avenue Gallieni, ce goût de vieille Chine, l'opium, les taxi-girls dans leur robe fourreau à col carré, vert Song ou rose Hanoi, les restaurants où l'on mange de tout, même du chien, les duels de cerfs-volants aux fils enduits de poudre de verre), mais aussi cette poussière qui tournoie au milieu des chemins, sous la chaleur, pareille à une mini-tornade. Il se distrait au Continental, il marche dans les avenues ombragées de platanes (tant pis s'il va trop loin, il prendra un phô dans une gargote ou à la carriole d'un marchand ambulant et hélera un vélo pour rentrer), il retourne à la Cascade, on y danse des tangos autour de la piscine, il ne se lasse ni du fleuve taupe après l'orage, chocolat sous le soleil, qui fait onduler les jonques à l'embouchure, ni de la pluie qui fait chanter les jarres, enfermant chacun des heures sous ses cataractes, il aime ces serpentins de pâte qui, en grésillant, éloignent les nuées de moustiques, et ces siestes, nettes comme des syncopes, qui vous clouent et font renaître. Il déambule sur cette terre étrange et familière. Un pousse tourne au coin de rue, emportant des rires et une jambe nue. Un caillou lancé contre un arbre débusque dix chauves-souris caoutchouteuses…

À la prochaine permission, ils iront jusqu'à Angkor ou emprunteront la route mandarine. Regarder en face, au moins une fois, les tours du grand Bayon ! L'Indochine française est une invention, certes, mais ce mensonge le fait approcher de sa vérité. Peu à peu, Paol devient différent de ce qu'il aurait dû être, loin des sillons du Finistère, des champs de seigle et de la rade enserrée… Tout ici commence puisque tout recommence, au dédale des toitures en bois, des temples cannelés, le long des allées où grésillent des brûle-parfum. Il a attaché son cheval près du mur d'enceinte. Il a franchi la douve et la ligne des palmiers. Il avance dans la pénombre. Tombé d'une colonne, un fragment de peinture fait comme une goutte de sang séché. Il n'a pas peur…

Dans la nuit, son pas est répercuté par la draperie des pierres et les bas-reliefs. À l'aplomb des tours-ananas, Paol comprend qu'il n'est que de passage. Énergique comme un homme, dérisoire comme un insecte. C'est aujourd'hui toujours et ici partout. Tellement, si peu.

18

Pourquoi cet effroi qui ne s'épuise pas avec la distance et les années ? Pour ce que j'en déduis, Paol ne s'est pas trompé. Il a dû aider son fils Ronan à prendre le large – l'essence pour les sardiniers des « clandestins » a pu être subtilisée sur les chantiers de la Todt avec sa complicité comptable. Des soupçons, une dénonciation, l'appartenance à un réseau (lequel ?), les interrogatoires, et voilà qu'il encombre, on s'en débarrasse sans jugement…

Silence du père. Silence sur le père. Silence des fils entre eux, quasi brouillés, à peine rabibochés. À plusieurs reprises, Pierre me l'avait demandé ou fait savoir, les proches penchant de son côté, mieux valait l'amertume d'un seul qu'une brouille générale : non, inutile de chercher quoi que ce soit, tu n'en diras rien, tu feras ce que tu voudras après, quand je ne serai plus là, inutile de remuer le passé, la guerre, ce paquet de larmes et de sang, pas question de « faire du fric avec les morts », il n'y a pas de réponse à donner. Enfin, comprenant que quelque chose de plus impérieux me débordait – la perte, l'absence, une incomplétude –, il m'opposait la herse de sa douleur. Je refluai.

Mais qui allait dire ce qui m'étouffait, à soixante-dix ans de distance ? Et pourquoi me fallait-il en tant que fils, depuis que je m'étais décidé à écrire là-dessus, raconter à mon père, contre sa volonté, le destin broyé du sien ? Paradoxalement, ce manque originel de récit familial, ce trou généalogique, aura fait de moi un écrivain. À tout, si j'y réfléchis, j'allais préférer les histoires exotiques, les personnages et les décors tropicaux, comme si j'avais à multiplier les hypothèses. Et même mes livres précédents, je m'en rendais compte avec du recul, comme ceux consacrés à Gauguin ou au Brestois Victor Segalen, artistes démangés par l'inconnu et poussés par le secret, en portaient l'écho. Ils appelaient déjà celui à venir.

Allez, que je sache, Paol n'a pas été un milicien, un collaborationniste, un trafiquant, un profiteur ou un indic. Nous n'avons dénoncé personne, nous n'avons pas livré tel ou tel aux vichystes, récupéré des biens ou des œuvres d'art, racheté une pièce de terre, un immeuble à vil prix. Au contraire, nous avons tout perdu, les nôtres, l'appartement de Brest, le canot à voile de Kergat, le sommeil, le fil tissé des jours. Mais nous avons gardé foi et honneur. Paol a relevé la tête, a combattu, il a été pris...

Pour autant, son cas n'est pas si exceptionnel. C'était une guerre mondiale. La terreur totale. Une destruction à grande échelle. Comme des milliers d'autres, il a obtenu la mention de « Mort pour la France ».

Comme des dizaines de milliers d'autres, il s'est épuisé à creuser le massif du Harz, en Allemagne, à Dora, pour l'usine aux fusées.

Comme des centaines de milliers d'autres, il est devenu une bête de somme pour le Reich.

Comme des millions d'autres en Europe, il a été déporté, sélectionné pour le travail, pliant sous la charge…

Cela ne lui enlève rien, au contraire, et c'est suffisant pour qu'on puisse en être fier. Il reste le père de mon père. Un *pater familias* que, depuis, nous avons dépassé en âge et qui est devenu un cadet dès lors que nous sommes plus vieux que lui. En quelque sorte, un frère perdu que seuls des mots exacts peuvent ranimer.

Au fond, j'aurai été le seul à tenter de risquer ma lampe torche dans le dédale des faits et les chausse-trapes des énigmes. À vouloir comprendre les doutes, les choix de Paol, et par contrecoup ceux de Ronan et de Pierre. À m'interroger sur ces officiers de la « grande muette ». À essayer de cerner cette famille chrétienne et conservatrice, jalouse de rien, envieuse de personne, dont la loyauté et l'orgueil servent de morale. Et de verrou. Quelle serait cette quête qui ferait de moi un bavard dans la sidération des autres ? Certes, je n'ai jamais relevé le nom de Paol dans une organisation, mais ça n'est pas probant : il n'était qu'un maillon parmi d'autres et, de l'aveu des historiens, les archives locales sur la période 1942-1943 demeurent incomplètes. Mais de n'avoir pas réussi à le retrouver continuait de me meurtrir.

*

J'avais encore une piste peu exploitée jusque-là : Suzanne, la veuve de Ronan. Il y a une dizaine d'années, elle m'avait confié plusieurs photos (Paol en Cochinchine et à Kergat) ainsi qu'une photocopie du livret militaire de son mari. Je repris contact avec elle, lui annonçant que je passerais dans le golfe du Morbihan. Même si nous nous étions perdus de vue, que les deux branches familiales s'ignoraient maintenant, Suzanne me fit bon accueil. Elle avait refait sa vie et était heureuse aux côtés d'un homme prévenant et doux.

« Nous sommes si peu », reconnut-elle au téléphone.

Ce fut une après-midi chaleureuse, où nous déjeunâmes sur le port avant d'aller remuer les souvenirs, compulser quelques lettres, et feuilleter ses albums. Il y aurait aussi plusieurs croquis de Ronan que j'allais photographier avec mon téléphone portable… Le balcon donnait sur les quais où, comme à la parade, s'alignaient les gros voiliers de course. Un brin de vent les faisait tinter et se répondre. Nous étions bien, ensemble. Mais, pour elle aussi, la roue avait tourné. Quelle lubie avait son neveu de travailler là-dessus ? Écrire, c'est-à-dire parler, n'était-ce pas trahir ?

Après la Seconde Guerre, Ronan s'était engagé dans la Légion étrangère. Il n'avait jamais pu revoir son père. Sans doute, au gré de ses affectations exotiques, en porta-t-il le poids. Pour ce que j'en savais, mon oncle n'était pas revenu souvent à Kergat depuis ce jour de 1943 où il avait embarqué clandestinement. Notre presqu'île devait le hanter…

Durant une vingtaine d'années, à mesure qu'il monte en grade, sa carrière est comme le décalque du crépuscule de l'Empire français, de Suez à Diên Biên Phu, en passant à plusieurs reprises par l'Afrique du Nord. Puis il est sur la frontière chinoise, dans le pays thaï, au Laos ou au Cambodge, puis à Oran, Sidi Bel Abbes, Alger. Au cœur de l'action, il appartient aux unités d'élite.

Je connais quelques anecdotes, elles m'ont été rapportées par des camarades à lui. Son départ en tant que parachuté volontaire sur Diên Biên Phu. Sa blessure, sa capture où il a prétendu être belge, ses évasions. Trois jours de punition dans une cage à fauves… Et puis, à son retour des camps vietminh en 1954, matraqué par le bourrage de crâne du marxisme asiatique, maigre à faire peur, tout juste quarante-quatre kilos, lorsqu'il réquisitionne une Jeep, charge cent litres d'eau, et s'en va bivouaquer dans le Sud marocain. Son intention ? Faire le vide quelques semaines, oublier les marches de la mort, les coups et la honte d'avoir perdu. Bref, se guérir par du sec et du solide après l'humidité de la jungle, ses boues, ses amibes et ses ciels liquides… Dans le désert qui le fera renaître, il se rassasia de paysages calcinés, de cailloux ocre et de pitons rouges, de feux de broussaille saturés d'escarbilles où il faisait bouillir sa théière cabossée, le soir. Coiffé d'un chèche, en short, il cavalait dans les collines de pierrailles, prenant chaque piton, jumelles au cou, puis les dévalait. Il attendait le moment du dernier rayon en sirotant son thé noir ; il dormait roulé dans un sac à viande, son flingue sur le ventre, guettant l'aube en croquant des sardines en boîte, des biscuits de marin, du chocolat, des dattes – et voilà qu'elle apparaissait, rasante, brûlante comme un tison. Il reprenait sa lecture de Balzac adossé à une paroi chauffée par le soleil, fumant l'une après l'autre ses « troupes » allumées au Zippo. Un crayon, des notes, un carnet à dessins. Seul après la promiscuité suintante des camps, enfin cautérisé par le sable, la tiédeur des pierres, le vent…

À trente-cinq ans, « *ayant montré une connaissance profonde du combat* », celui qui était devenu lieutenant rejoindra le 1er REP, régiment mythique, où il retrouva des camarades de l'Indo et des ex-FFL. Ces soldats seraient de toutes les « opex ». On comptait sur eux qui aimaient afficher en toutes circonstances morgue et sang-froid. Et ces légionnaires firent le boulot sans piper mot, y compris celui qui n'était pas le leur…

On peut supposer que, quelques mois plus tôt, en Algérie, Ronan avait revu son frère Pierre – une hypothèse que j'échafaude. Ils n'étaient plus des enfants depuis longtemps mais deux soldats qui guerroyaient, à part, en parallèle, l'un sorti du rang, l'autre de Saint-

Cyr, tous deux décorés, pour l'heure du même grade. Depuis combien d'années ne s'étaient-ils pas parlé ? Un soir, l'aîné tentera peut-être de convaincre son cadet de les rallier. L'ex-agent du contre-espionnage insistait : hors de question de quitter l'Algérie française, le revirement de De Gaulle était une ânerie, et face à la « subversion totalitaire », hier le Vietminh, aujourd'hui le FLN et les communistes, il fallait poursuivre la lutte. Ils n'avaient pas gagné sur le terrain pour rien, ils n'avaient pas fait tout ça – les « nettoyages », le sang, les morts, les larmes –, pour reprendre en file indienne sur la passerelle, sac commando à l'épaule, le ferry pour Marseille ! Non, ils n'abandonneraient pas ceux qui avaient combattu à leurs côtés. L'humiliation de l'Indochine et le manque à leur parole les obsédaient. Se battre tant et mourir pour rien ?

La scène aurait pu avoir lieu quelques semaines avant la tentative de putsch, dans un bar à Bab El Oued, quartier sûr d'Alger, dans une arrière-salle carrelée dissimulée par un rideau de perles multicolores : je *vois* leur arrivée discrète en civil, la poignée de main, l'hésitation du baiser sec, cette gêne entre eux, palpable, l'aîné qui jauge, le cadet qui soutient le regard, Pierre n'appartient pas aux unités de choc mais il est devenu un militaire endurci, chef d'une *harka*, qui vient à vingt-huit ans d'être décoré de la Légion d'honneur, et tandis que leurs visages de mômes se superposent, un souvenir de Kergat affleure, celui de leur père avec eux, dans le canot ou dans la grotte Absinthe ; déjà Ronan risque quelques mots, élude les convenances, plaide, il va à l'essentiel, qu'importent les années, l'incompréhension, Pierre se tait toujours, ils n'ont pas à se révéler ce qu'ils font, où et pourquoi, inutile de citer des bleds ou des dates, voire de mentionner l'accident de Pierre dont la Jeep a sauté sur une mine ou la troisième blessure par balle de Ronan, tous ces accrochages, les camarades égorgés dans les oueds, personne ne fait de cadeau à personne, et plus d'autre solution que de combattre pour que ça cesse, d'arrêter l'impensable, leur conversation tâtonne, rompt et s'enlise. Non, Pierre restera légaliste. Inutile d'insister, il n'ira pas engager ses appelés et ses harkis derrière des légionnaires… Mal à l'aise, les deux soldats replongent vers les taxis, les autocars, la circulation du soir sous les enseignes, ils se quittent pour des casernes opposées, ayant hâte de renfiler leur uniforme sans lequel ils se sentent nus ou déguisés. Ils s'en voudront certainement par la suite. Mais Pierre ne suivrait pas Ronan qui s'égarait…

Par fidélité à ses compagnons d'armes, Ronan prendra part, lui, au putsch des généraux, en 1961, sous les ordres du commandant Hélie de Saint Marc. On connaît la suite… L'échec de l'opération, la dissolution du régiment, l'abandon du camp de Zéralda et, dans les camions, la chanson arrangée d'Édith Piaf, « Non, je ne regrette rien… », reprise par mille légionnaires paras défaits. Intime avec Roger Degueldre, celui des commandos Delta, Ronan rejoindra en métropole l'Organisation de l'armée secrète (OAS). Revenu en région parisienne, fourbissant on ne sait quel plan, il sera arrêté par les renseignements généraux. Condamné à cinq ans de prison pour «*complot contre l'autorité de l'État*». Cassé. Fin de l'aventure.

Mon oncle était-il si incompréhensible ? Toujours facile de se draper dans l'indignation cinquante ans après. Certes, il avait eu tort, mais il pensait avoir raison à ce moment-là et se battait, lui, avec ses tripes, pour ça… Au-delà d'un aveuglement, de ses choix extrémistes et de leur enchaînement, Ronan donnait plutôt l'impression d'être tenaillé par une soif que rien ne pouvait étancher, où tout à chaque fois resterait à prouver, à recommencer. Comme un sempiternel lancer de dés sous le birotor des hélicoptères «Bananes», en rase-mottes au-dessus du djebel. Quitte ou double !

Après son amnistie en 1966, Ronan fut embauché par un groupe industriel français (des filières sympathisantes appuyaient les reconversions), épousa Suzanne, secrétaire d'un officier d'état-major, et se fit oublier. L'époque avait changé. Lui aussi. Fatigué après des années de combats, il n'aspirait plus qu'au repos, un jardin, un bateau, sa peinture. Il lisait ses classiques en Pléiade. Pour la nouvelle année, tel un rituel obligé, il revoyait Pierre pour un dîner dans un grand hôtel de l'Ouest parisien, porte Maillot. Au menu, un plateau d'huîtres de Bretagne, arrosé de muscadet, un moment où «ils riaient beaucoup», ce dont je doute en dépit de ce que m'assura Suzanne, car, derrière les convenances, ces deux-là n'étaient jamais démonstratifs, buvaient peu et mangeaient maigre. Leur malaise ne s'était jamais dissipé. Le cadet reprochait-il à son aîné de les avoir abandonnés, lui et sa mère, en Bretagne, au milieu de la guerre ? Ou était-ce autre chose, usé et confit par le temps, depuis indétectable ? Nous ne l'apprendrions jamais.

Féru de peinture, Ronan entretenait alors une passion pour Van Gogh et le Picasso de la période bleue. Sur son chevalet, conservé au salon, trônait encore le fac-similé entoilé d'un massif d'iris, accablé de chaleur, signé Vincent. Il avait laissé deux ou trois classeurs de ses œuvres d'amateur, ravines escarpées, groupes de Bédouins, ânes et palmiers, surtout des palmiers, s'astreignant aussi à des études d'après des modèles antiques. Même de modeste facture, ses huiles dans la lignée peut-être d'un Albert Marquet (une casbah ocre sous un ciel appuyé ; des ruelles bleues ; un paquebot de travers dans une rade) me renvoyaient une autre image de lui : plus contemplative, sensible, artiste.

Sur les photos de l'album (des légendes à l'encre blanche, une date, un lieu, trois mots), il est en jeans et en polo vert amande. Il conduit une Panhard décapotable puis une Simca sport. Il n'a plus le crâne au millimètre comme au bataillon et ce teint cuit d'homme du désert mais il a conservé l'allure et les épaules de ceux qui ont porté longtemps le battle-dress. L'ex-agent des services passe ses après-midi à peindre ou à lire. Fumant face à l'Atlantique, ses deux enfants près de lui, Ronan sourit, apaisé mais hermétique. Je revois le visage de mon oncle, ses yeux plissés, j'entends le grain de sa voix. Il porte cette fois un pull marin ; il s'amuse d'un rien même s'il reste en retrait. Pour nous distraire, et parce que nous insistons, il ébauche cette histoire de princesse, une tribu moï, un tigre affamé, province du Dak Lak. Les mots nous enchantent, les noms qui claquent aussi, c'est un autre monde, magique, où il suffit de pousser une porte. Nous voilà à notre tour sur les hauts plateaux, le sentier s'entortille, nos pas dans ceux, élastiques, des guerriers dont les lances miroitent au soleil acide. A-t-il tout oublié à ce moment-là du fracas de ses guerres sur trois continents ?

Il me fallut repartir. Sur le pas de la porte, Suzanne me le répéta : non, elle n'en savait pas plus que moi des péripéties de Ronan, hormis ce qu'en révélait au compte-gouttes son livret matricule. Pas un mot n'avait filtré de son activité en Angleterre, ni l'espionnage ni la désertion, « une muraille », et moins encore de celle de son beau-père, à Plomodiern, dont Ronan parlait rarement. Elle finit par se remémorer une scène à Brest, où Jeanne, ma grand-mère, lui avait confié que Paol avait rejoint la Résistance en 1942 ou en 1943. Une lettre de dénonciation avait été à l'origine de l'arrestation. À cause, mais c'était invérifiable, d'« une relation qu'il avait fait entrer dans le réseau et avait trahi ».

19

L'Hostellerie du Royal Lieu, rue de Senlis, à Compiègne, accueille les voyageurs qui, sur la route de Lille, montent vers le nord ou redescendent sur la capitale. Le cadre est désuet, plutôt charmant, et on déjeune sur des chaises Louis XVI derrière de larges baies. Le service est attentionné, assez vieille France. Sur le site et le menu, la devise de l'établissement est rappelée en italique : *Au bout de la patience, il y a le ciel.* Un peu maladroit tout de même si l'on songe au sort des dizaines de milliers de détenus de Royallieu qui, il y a peu, étaient parqués à huit cents mètres de là…

Aussitôt installé – la salle est vide ou presque –, je commande un poisson blanc, des frites, un carafon de vin, une tarte aux pommes. À peine sorti de l'hiver, le jardin est déjà vert, il y a trois bancs en pierre sous les arbres, une Pomone mélancolique qui penche la tête. Quelques chambres ouvrent sur le jardin mouillé de rosée. J'ai emporté dans une pochette en plastique documents et photos, et mon carnet de notes où je dessine aussi. Requinqué par ce repas et l'ambiance printanière de l'hostellerie, je pars visiter le camp avec moins d'appréhension. Royallieu a été la deuxième étape de Paol, en 1943, il y a soixante-dix ans. Avant Buchenwald, Dora et Bergen-Belsen, l'Allemagne définitive…

Plus haut sur la route, en direction du centre-ville, le site est devenu, entre un parking et des lotissements, un « mémorial de l'internement et de la déportation ». À l'entrée, épaulant le bâtiment d'accueil, un haut mur de verre vient égrener, un à un, sur une trame en pointillé, le nom des détenus. Je retrouve celui de Paol, que j'effleure comme on passerait son doigt sur une cicatrice. Puis je le photographie en zoomant, à la manière d'un entomologiste devant un insecte extraordinaire : oui, il flotte là dans la transparence, au milieu d'un essaim, en suspension. Des syllabes survivantes qui le désignent et le concrétisent encore. Par-delà ce qui l'humiliait, le détruisait.

Des vingt-quatre bâtiments, formant autrefois un U, il n'en reste que trois debout. Murs blancs et toit de tuiles. À l'extérieur, un « jardin de la mémoire », des stèles avec des photos grand format imprimées dessus. On y voit entre autres une section de treize soldats, dont un « homme-chien », chargée de la surveillance, sous les ordres de deux capitaines, mais ils n'ont pas l'air trop terrifiants, ils sont surtout soulagés de rester en France, de ne pas être sur le front de l'Est à nettoyer les isbas des partisans au lance-flammes…

Plus loin, des chaises dites « parlantes » sont disséminées sur les pelouses – sitôt que vous vous asseyez, les témoins racontent, ils murmurent et vous entourent, ils étaient là, oui, ils sont là, si présents, voix chuintées et aigres à l'oreille où chaque mot, chaque nom, chaque date pèse et résonne.

À l'intérieur, quelques anciennes chambrées exposent aussi des tirages photo ou diffusent sur des moniteurs de courtes séquences filmées qui tournent en boucle. Mais la pièce la plus saisissante est la plus sobre : l'emplacement des châlits a été symbolisé au sol et aux murs avec de la peinture noire. Ils forment ainsi des rectangles alignés comme des tombes, au centre laissé vide. Projetés dessus, des visages en surimpression glissent, fantomatiques. Tous dormaient là, en attendant l'ordre de partir.

À Royallieu, pourtant de triste mémoire avec ses convois pour l'Allemagne, le climat n'est pas trop oppressant. Après tout, ce n'était pas encore un camp de la mort, juste un centre de triage. C'est comme si l'on visitait une caserne désaffectée. Il est certain que la proximité de la ville, le va-et-vient des automobiles sur le parking qui ne désemplit pas (il dessert, de l'autre côté, une grande zone commerciale), les groupes d'élèves qui rient sous cape et passent des appels de leur portable, tempèrent l'atmosphère. Tant mieux ! La vie, même désinvolte, garde ses droits… Mais rien ne s'oublie : il suffit d'une voix qui perle dans l'un des haut-parleurs, une voix plus hachée que d'autres, plus chevrotante, pour que tout revienne.

D'ailleurs, les images de charniers qui défilent sur les écrans sont insupportables même si elles ont été vues cent fois dans des documentaires, à la télé. On comprend que c'est ici que *tout* commençait, qu'il y avait à partir de là une arithmétique, l'arrestation, le transfert, le confinement dans ces bâtiments, le tri et les listes, et puis le baluchon pour les colonnes dans la nuit, la sortie du camp, la marche sur Compiègne dans le froid de l'hiver, la trouille qui broie les tripes, jusqu'à la rampe en ciment où il fallait se hisser dans un train à bestiaux pour deux nuits à travers l'Europe, et quel train, et quelles nuits, à cent hommes par wagon, sans eau, sans secours, sans espoir. Alors les murs de Royallieu, camp d'emprisonnement français, rappelaient ce qu'ils n'avaient jamais cessé d'être : une antichambre du néant. Et le plâtre effrité de chaque baraque, une plaie grattée jusqu'à l'os.

Dehors, au carrefour, les affichettes du PMU clamaient leurs résultats grandiloquents. Les feux arrière des voitures laissaient comme des traînées de sang aux devantures embuées des magasins. J'accélérai pour gagner l'autoroute A1... Mais comme à la mairie de Plomodiern ou, précédemment, aux archives de Quimper, j'avais le sentiment d'être à ma place, en phase, cette quête n'était pas une simple recherche mais bien un pan de ma vie vraie. L'aiguille de ma boussole interne m'indiquait désormais l'Allemagne.

20

Se rappelait-il un moment comme celui-là au Jardin zoologique ? Oui, bien sûr. Il lui avait fallu transformer ses souvenirs les plus radieux, les plus légers, en une rêverie volontaire, soutenue, comme une fiction sans limites, ramifiée et arborescente, qu'il réactivait selon son angoisse, le désespoir. Sinon que gardait-il de sa vie d'avant pour avoir moins froid dans le vent de l'Allemagne ?

La rotonde des singes est disposée après celle des fauves qui tournent derrière les barreaux de fer, le regard absent. Elle tient à la fois de la serre tropicale et de la cloche à fromage. Le sol n'est qu'une dalle de ciment sali. Des macaques, des gibbons et des doucs à pattes grises y dégustent des fruits et des graines qu'ils ramassent avec délicatesse. Dans des ronds de terre, des arbres au feuillage décharné servent de perchoirs aux animaux. Il y a aussi une échelle de corde, un trapèze qui oscille dans le vide.

Il fait chaud, ce dimanche après-midi, au Jardin

zoologique de Saigon. La lumière peut être cruelle. Devant les grilles de la rotonde (un édifice ajouré, avec son haut portique), Paol vient d'échanger une plaisanterie avec le photographe et son camarade de régiment, au sujet de lui et des singes, de leurs grimaces et des siennes, et ils ont ri. Mais le reste du visage est dans l'ombre du casque. Il porte son uniforme cintré à la taille, aux insignes de la coloniale ; leggins et guêtres sur des souliers à lacets. Il a gardé les mains dans le dos. Traces de pas devant dans le sable. Sueurs. Quelque chose goutte des arbres noirs.

Son copain est plus grand que lui, il a des cheveux ondulés, une moustache. Il fume un clope. Il est en chemise, sans veste, comme négligé. Il porte une paire de grosses lunettes, qui lui pendent au cou, genre chauffeur ou aviateur. Des souliers bicolores. À droite, un tirailleur s'est approché par curiosité, attiré par l'appareil et les trois Blancs qui font les idiots (la journée est splendide, Lafotier a prêté sa Citroën, l'air est saturé du parfum des fleurs), il n'a pas compris leur geste qui le sommait de s'écarter du champ de la prise de vue, trop tard, il est aussi sur la photo, chapeau conique, cartouchière et brêlages, yeux floutés par le mouvement…

À la loupe, on distinguerait dans le fond de la scène, à gauche, vers la sortie du Jardin, un rassemblement de pousse-pousse qui attendent le client en sommeillant sous les banians entortillés de lianes. Des mouches bourdonnent au-dessus des étals, mangues et ramboutans, que les vendeurs, des enfants malingres et des vieilles enturbannées, surveillent, accroupis à l'asiatique, bras en équilibre sur le genou et pliant comme une branche de saule.

Dans le pare-brise de l'auto qui a repris sa course, les façades sont brouillées. Paol remonte vers le plateau où s'alignent les villas aux hibiscus, moites derrière leurs murs à tessons. Les trottoirs envahis d'herbes grillent dans la chaleur. Mais il suffira de couper le moteur et, profitant de sa lancée, abandonnant la nef des tamariniers, de redescendre vers les docks pour que l'effervescence s'estompe, que la fraîcheur renaisse à la proximité de l'eau, que ce décor reprenne sa netteté dans les rétroviseurs (ciel bleu canard, terre rougeâtre, coulée brun-parme du fleuve entre les deux), avec en enfilade, par-delà les nuages de moucherons, les bâtiments, les terrasses où l'on joue du violon, les boutiques d'articles de mode de Marseille et de Paris, cent rues en damier sur les marécages comblés...

Paol revient pas à pas dans le labyrinthe de sa mémoire. Il cherche ce restaurant qui a des ventilateurs à longues pales et une terrasse garnie de chaises en rotin. Ce doit être plus loin, près d'un dancing, ou derrière le parc, non loin de cette statue sur socle, un évêque sévère, tenant sous son bras protecteur un petit prince asiatique. Comment s'appelait cet établissement où il avait sa table parmi les jarres aux dragons ? Saigon tremblote sous la boule du soleil qui ne roule pas vite. Odeur de saumure à poisson, partout, le nuoc-mâm. Et le goût du corossol. Ce dimanche d'autrefois a la consistance d'une bulle de couleurs et de sons. Il se persuade qu'il y fut insouciant. Heureux sous un ciel plus mouillé qu'ailleurs, et lui comme surpris d'exister là, les pupilles dilatées par la nuit. Voilà qu'il disparaît et revient, poisson dans l'onde des images, poisson encore vif.

21

Convoi 38000. Une litanie de noms qui ne disent rien à personne mais dont l'imprimante de bureau crache pourtant sur des feuillets l'interminable liste…

Un à un, ligne après ligne, le fichier de la Fondation pour la mémoire de la déportation égrène les déportés, Compiègne-Buchenwald, de Jacques Abadie, né à Montech en 1921, à Ronan Tchia, né à Harfleur en 1924, en majorité des Français, mais aussi des Néerlandais, des Polonais, et nombre de Belges…

Qui fut Aloïs Bamberger, né à Wemmetsweiler en 1923, qui finira au camp de Neuengamme ? Ou Alphonse Dezusinges, né en 1901 à Lucens, qui passera de Buchenwald à Dora, puis Bergen-Belsen ? Ainsi pour André Deville, Michel Dupuis, Pierre Fareau, Louis Jadaud… Le plus âgé est Pierre Diais, né en 1883 – il a soixante ans. Les plus jeunes ont dix-sept ou dix-huit ans. Et qui a été Jean Acacio ? Jules André, mort à Bergen ? Ou Claude Bouchery, dont on ne sait rien ? Chacun avec son numéro dont l'indicatif est le 38, 38 pour convoi 38000.

Dans ses mémoires de guerre, Christian Pineau, fondateur du mouvement de résistance « Libération-Nord », n'est pas avare de détails. Il est dans ce convoi. Du coup, on sait exactement ce qui s'est passé ces deux jours-là. Et, en relisant le livre de Pineau, j'entrevois presque la présence de Paol dans ce train plombé qui file à bonne allure ou lambine sans raison sur les rails de France et d'Allemagne.

Ils ont traversé à pied la ville assoupie de Compiègne en rang par cinq, entre des chiens et des SS, devant des volets fermés et des portes closes, à la demande de la Kommandantur. Quelques femmes, des épouses et des sœurs, sont venues jusque-là – il y a, ici aussi, des fuites concernant chaque transfert –, elles leur adressent des signes, tentent de leur passer des provisions, une lettre, un ballot d'habits, mais on ne les laisse pas approcher. Arrivé à la gare, sous le portrait du maréchal, Paol se hisse comme les autres dans un wagon. On leur a distribué une miche de pain, du saucisson, mais pas d'eau. Le train s'ébranle. Mais où vont-ils dans le froid qui coupe ? Plein est.

Dans certains wagons, un chef a été désigné et les détenus entassés, compressés, obéissent, observant un minimum de discipline : à tour de rôle, cinquante s'assoient, cinquante restent debout. Ou alors se met en place un sens giratoire de déplacement afin que chacun puisse être à un moment contre les parois où l'air filtre et loin de la tinette qui déborde. En cours de route, une dizaine d'entre eux vont réussir à s'enfuir par un écart entre les planches. Voilà qu'ils rebondissent, se reprennent, courent droit devant eux, se planquent dans les fourrés et la nuit. Étant parvenu à débloquer la porte coulissante, un autre se jette au-dehors mais est happé par la locomotive qui arrivait en face. Leur train finit par stopper. Hurlements des soldats. À travers les lattes, ils menacent de tirer des rafales dans les wagons. De quoi calmer les ardeurs de qui tenterait sa chance. De quoi empêcher chacun de partir dès lors que les autres en subiraient les représailles. Il a fallu enlever les chaussures sur ordre des Allemands.

Parmi les autres, un centième de place, Paol respire entre les interstices mais il respire quand même. Au-dessus du fracas des roues, il somnole debout au milieu de tous ses camarades puants et à bout de nerfs qui forment une masse compacte, à demi écroulée. Et la nuit cède devant le jour, et le jour devant la nuit, la nuit encore...

Comme les autres, il se pisse dessus car la tinette au centre est trop éloignée, les rangées font muraille, et à vouloir s'y rendre il perdrait sa place, près de la cloison derrière laquelle glisse à soixante kilomètres/heure, réduit à une frange, un paysage de buissons grêles et de champs nus, parfois ponctué par un clocher, des cheminées d'usine, quelques lueurs, on est en décembre, la neige et la glace qui tuent, alors que là ils étouffent ; ils doivent être en Moselle, c'est ce qu'a murmuré un type, et de ne pas être plongés dans le néant leur a fait du bien, ils sont donc quelque part, ils existent, pas encore déglutis, ils roulent vers quelque chose, chaque heure passée est une mini-victoire, il faut survivre.

Il se met à prier lorsque monte l'obscurité, lui qui ne priait plus depuis longtemps, les boucheries de 14-18 avaient pulvérisé ses certitudes, et alors que le wagon plombé fait des embardées et que les cris fusent, que les râles s'ajoutent, que les coups de poings pleuvent entre les hommes excédés, il doit lui aussi se battre pour un centimètre carré de plus, tenir pour un centimètre carré qui serait de moins, la tinette se renverse, certains vomissent. Le train s'arrête, des soldats courent le long du ballast, puis il repart. Quelques tirs sporadiques trouent la campagne.

Il tente de garder son humanité au milieu de la barbarie même si certains, déjà, à cause de la promiscuité, de la peur, de la fatigue énorme, de la dysenterie et de la puanteur, sont devenus fous à lier dans l'étuve. Ils geignent avant de s'écrouler. D'autres se battent. Quelques-uns sont écrasés. Il faut tenir au-delà de l'intenable sur cette planète éteinte. Et tant mieux si cette torpeur hallucinée l'emporte loin de l'étau, et tant pis s'il y revient avec plus d'épouvante, réveillé, replongé dans ce magma. Au moins, il a échappé à son sort quelques secondes.

Il a décidé de s'économiser, de garder des forces, de maintenir le cap, ramener sa voile, estimer les vagues, celles qui roulent avec un dos d'écume, et écoper, écoper, pour ne pas se laisser submerger. Paol veut franchir l'épreuve du transfert. Le plus éprouvant est à venir, quand les vantaux s'ouvriront.

22

Deux ou trois heures du matin. Le train s'est arrêté près de Weimar, où les déportés dans le convoi se sont effondrés. Puis il repart, à petite vitesse, cahotant, contrarié. Enfin, on les fait descendre, c'est le 16 décembre. Béton dur. Projecteurs aveuglants. Gel qui mord. Face à deux lignes de SS sur le terre-plein, flanqués de chiens qui aboient à pleines dents.

Après ces jours et ces nuits de compression et d'horreur, Paol regarde la neige éblouissante posée comme un tapis sur la Thuringe. Elle couvre tout, craque sous les pas, et assourdit les sons. Elle brûle et les réveille. Une colline à gauche où cogne le vent. Avec un fond de sapins et de hêtres blanchis, ça ressemblerait presque à une carte postale de fin d'année – après tout, Noël est dans neuf jours. Ils sont à une poignée de kilomètres du camp. Ils ne verront rien de Weimar. Ils descendent comme ils peuvent, lorgnent les quais givrés, et se font recompter…

Voilà qu'on les exhorte déjà à bouger, pieds nus,

en rang par cinq, *schnell, schnell*, coups de crosse et coups de schlague, et, après une marche hallucinée par un chemin forestier, au pas de charge, encadrés des SS qui les harcèlent, flingueraient ceux qui se traînent ou n'avancent plus – des détonations résonnent en queue de peloton –, Paol aperçoit enfin la double rangée de barbelés électrifiés, ponctuée de miradors à projecteurs, tenue par une seconde ligne avec des sentinelles, le tout ceinturant un ensemble de bâtisses. *Buchenwald* : « le bois des hêtres ». À quatre heures du matin, il en franchit la porte monumentale. De bouche en bouche, la traduction des mots forgés au-dessus de la grille a été répétée : « À chacun son dû. »

L'absurdité, la rapidité de la scène qui les entraîne comme dans un tourbillon, leur fait comprendre qu'ils sont pris au piège, au fin fond de l'Allemagne nazie, entre des clôtures électrifiées, au pied de la cheminée en briques. Un halo baigne les rangs de baraques en bois et en fibrociment, les blocks, alignés les uns derrière les autres sous une brume sale.

Les SS les poussent et les rabrouent. Vite, plus vite, coups répétés sur les retardataires. Ils entrent. Et Buchenwald leur paraît immense, telle une cité géante et figée, un autre monde, à part de la galaxie, où la vie d'avant a disparu, où le temps commun n'a plus cours, où ils sont autres et anonymes, dans l'hostilité coupante.

Aucun répit ou presque. À six heures, ils sont douchés (de l'eau, enfin, dont ils s'abreuvent), tondus au rasoir, désinfectés (*eine Laus, dein Tod*, « un pou, ta mort »). Ensuite ils récupèrent quelques hardes, des pantalons de toutes sortes et des sabots peu pratiques. Comme le raconte Pineau, les bonnets réglementaires manquent et ce seront d'« *extravagants* » chapeaux et casquettes qui, parfois jusqu'au ridicule, coifferont ces bougres, leur donnant l'air de « *figurants habillés pour ressembler à des clochards dans un film américain* ». Ils échangeront leur nom pour un matricule à coudre sur leur habit. Si Pineau obtient le 38418, Paol sera le *Häftling* 38676, triangle rouge avec la pointe en bas (résistants et communistes), et le F dedans. F pour Français.

Les arrivants sont répartis dans différents blocks et dans chacun d'eux sur des châlits numérotés, sur quatre niveaux, comme des cages à lapins. Pour chaque, six hommes et trois couvertures à partager. Ils retrouvent des Russes et des Polonais dans ce camp qui compte déjà près de trente nationalités et, en décembre 1943, plus de trente-sept mille détenus. Parmi ceux qui parlent allemand, des chefs sont désignés. Tous comprendront que les Français n'ont pas la cote à Buchenwald : ils ont la réputation d'être vicieux, lâches. Et collaborateurs.

Le jour d'après, on les vaccine à la chaîne. À cette époque-là, l'administration a été confiée aux triangles rouges allemands, des communistes : une hiérarchie qui passe par des « doyens » et divers échelons bureaucratiques, le secrétariat général, le service des affectations. Mais, dans cette organisation complexe, il faut compter aussi avec les SS, la police, les kapos, et dans une autre mesure le *Politische Abteilung* qui, comme le cite l'historien André Sellier, « *détient les dossiers, politiques et criminels, qui accompagnent les détenus dans leurs pérégrinations entre les prisons et les camps* ». Aucune protection n'est possible pour ces Français si peu organisés, méprisés par les autres. Paradoxe, ils arrivent dans ce camp, à quelques kilomètres de Weimar, si chère à Goethe, haut lieu du rayonnement intellectuel. Lorsqu'elle fut nommée « capitale culturelle européenne », en 1999, j'y avais vu des croquis de déportés agrandis et exposés partout dans la ville, scènes d'appels, travaux de charge et pendaisons en fanfare, et, en retour, juste revanche, le comité artistique n'avait pas hésité à afficher, dans les baraques de Buchenwald, des crayonnés de l'illustre écrivain allemand. En l'occurrence, des nuages, une cohorte de cumulus, de nimbus et de cirrus, extravagants ou familiers, dont la contemplation deux siècles plus tard constituerait peut-être une ultime rêverie. Glissant dans le ciel, leur puissance d'effacement – mais surtout de métamorphose – aurait-elle pu consoler ceux qui étaient restés là, cloués au sol, cernés de barbelés ?

Après la quarantaine – où il faut apprendre la loi du camp, sa hiérarchie, ses codes, ses saluts –, ils seront sélectionnés pour les kommandos, en fonction de leur métier, de leur état de santé, de leur chance ou malchance, des soutiens divers, du hasard des chiffres… et des besoins des firmes allemandes puisque certaines ont ouvert des unités de production à proximité. Ici, des corvées de déblayage, de bûcheronnage, de manutention dans des carrières ; là, du travail à la chaîne dans une usine d'obus ou dans celle des fusées secrètes. Ici, la vie en sursis ; là, une mort programmée. Un site est à éviter à tout prix : Dora, « le tunnel », les V2, dans le massif du Harz.

Paol séjournera du 16 décembre jusqu'au 11 janvier 1944 dans le « petit camp ». Enfin, à l'exemple des fournées précédentes de Français, il sera emmené, avec huit cent vingt autres du convoi, pour la destination qu'il ne fallait pas. Désormais, il porte le pyjama à rayures des esclaves du Reich. Son numéro lui sert de nom. Ne pas le mémoriser en allemand serait mourir.

23

Paol n'aurait jamais dû quitter l'Extrême-Orient. Mais conserver son poste d'officier, « rempiler » comme ils disaient à la caserne, rester sur place, en s'achetant pour finir, au terme de son affectation, une parcelle au nord de Saigon, pour cultiver des hévéas. Il serait devenu planteur, un broussard, jusqu'à l'orée de la guerre.

Supposons : Jeanne, Ronan et Lucie seraient venus le rejoindre par bateau. Pierre serait né là-bas, à l'hôpital Grall. Lucie aurait survécu. Pensionnaires à Saigon, les deux aînés auraient fait leurs études au lycée Chasseloup-Laubat, jusqu'au baccalauréat. Tout aurait changé. « Asiatisé », Pierre aurait été un autre et les enfants à venir différents dans la saison des mangues, des durians, des pluies...

Je les vois en 1935 ou 1936 à courir dans la poussière, à se jeter dans le rac, chasser dans les dimanches répétés des singes ricaneurs, des oiseaux étranges. Une voiture d'occasion – la « Trèfle » de Lafotier. Une maison en teck au pied des collines. Tout autour, des milliers d'arbres suintant leur sève précieuse.

Aux vacances, direction Dalat, la « cité de la buée », pour le bon air des hauteurs, l'haleine camphrée des pins, dans cette copie presque ridicule d'une ville d'eaux du Bourbonnais. Et aussi le froid, la nuit, qui vous drape de sa cape perlée.

Relouer la villa Géranium ? Jeanne l'aurait adorée.

Les enfants canotent sur le lac artificiel, cueillent des orchidées, s'élancent sur ces petits chevaux au galop saccadé, têtus à l'assaut des montagnettes. Des bâtisses de style alpin, basque ou Tudor, s'égrènent sur les collines arasées, entre le couvent des Oiseaux, les bâtiments chaulés, les hôtels et la caserne. On se croirait au cœur d'une vieille province, au terme d'une piste en lacets que traverseraient des tigres affamés, comme détachée de tout, loin des complots, des attentats, des températures. Jusqu'à quand ?

Paol n'aurait pas été mobilisé, enfin, pas comme ça.

Ronan aurait eu sans doute l'idée, comme d'autres, de passer par l'Inde pour rejoindre les unités britanniques.

Paol aurait résisté à sa façon – en emmerdant les gouverneurs et leurs ouailles, en faisant le gros dos avec les Japonais, conservant coûte que coûte ses arbres à sève, ses ouvriers-saigneurs, son mini-royaume. Il n'aurait pas été arrêté et déporté en Allemagne depuis un bourg perdu du Finistère, à cause d'une lettre ignoble, les choses auraient tourné autrement, moins tragiquement. Au pire, sur place, il aurait été ruiné par l'irruption du caoutchouc synthétique, la poussée nationaliste, la dégueulasserie de la guerre défigurant ce si beau pays qui ne lui appartenait pas, l'impossibilité de rester là, avec la mort sur tout et sur chacun. Mais il s'en serait sorti, je veux le croire. Conservant des appuis parmi les commerçants et les derniers officiers, il aurait tenté de se refaire, en réinvestissant jusqu'au début des années 50 dans les mines d'étain du Laos ou le poivre des Bolovens, obstiné et confiant par tempérament, par volonté, par cécité. Derniers soubresauts d'un rêve cassé par la réalité du monde en marche, en fusion, ivre de sa nouvelle donne…

Disons alors que j'aurais eu au moins la chance d'avoir un grand-père auprès de moi : une figure bienveillante, avec son aura d'aventures, de lointains. Un soir, après une longue traversée maritime, que j'échafaude en trichant sur les dates, il serait venu me guetter au débarcadère de Saigon, chapeau sur le crâne, cigarette au bec, dans le grouillement des pousses, des grues et des palans, le Vietnam derrière lui défilant en cinémascope. Ou plus certainement, ayant tout abandonné, désespéré mais indemne, fichu dehors de ce pays aimé, ressassant le chagrin de ses carrés d'hévéas et de la villa Géranium, il aurait pris le bateau du retour définitif – des nuits à espérer sous la voûte du ciel, repassant Colombo, Suez et Chypre, le dos calé contre la paroi du navire, ou rivé à la table aux cartes, toujours éclairée, couleur d'aquarium, à maudire le sort avec l'officier de quart –, et j'aurais été l'attendre à Marseille, à l'aube, dans les derniers feux et les balises, d'un coup si petit et si grand sur la passerelle des Messageries. Démuni et vieilli, comme un autre moi-même.

24

Que reste-t-il de l'hôtel de la Rade, celui de la Corniche et des Voyageurs, décoré de glaces et d'acajou ? Il m'est arrivé à plusieurs reprises de venir à Brest, cette Brest qui m'a toujours paru interdite, de prendre une chambre dans un établissement modeste, près du square de la Tour-d'Auvergne ou de la rue Neptune, et d'attendre du côté des voies pentues, comme arrivé dans la province de ma propre vie, terminus intime, fond du sac.

Bagage dans un coin, carnet sur la table, veste sur le valet de bois. Souffle du chauffage. Grésillement du néon dans la salle d'eau. Téléphone en mode avion. Deux ou trois livres pour provisions, les mêmes : le *Gravitations* de Jules Supervielle, les poèmes de Louis Brauquier ou ceux d'Henry Jean-Marie Levet, enfin le texte de François Le Lionnais, *La Peinture à Dora.* Bien sûr, j'avais mes prétextes : un papier à rédiger, un peintre à voir, une vente aux enchères importante, comme en ce mois d'avril où j'avais tenté de rafler une gouache de Jim Sévellec représentant l'Arsenal dans les années 40. Mais je venais pour un tout autre motif.

Les deux copains sur place ne comprenaient pas trop, pourquoi pas un verre, un dîner, qu'importe, ils me pardonnaient mes lubies, à mon tour de ne pas expliquer, j'étais là, n'étais plus là, une courte balade sur le port, avant de leur fausser compagnie, désolé, un autre rendez-vous, c'était le moment je le sentais, entre chien et loup, ces minutes où la nuit entre dans le jour, où la rumeur de la mer se déverse dans les douves, où Brest reprenait une part de son mystère et ses phosphorescences, le maintenant mélangé à l'autrefois, il me fallait gagner les parapets, retrouver les réclames Van Houten ou Bénédictine sur les murs, réentendre peut-être l'écho des milliers de sabots des ouvriers au sortir des ateliers. Une ville qu'ils ne voyaient pas, que personne ne *visualisait* à part moi puisque, de fait, elle n'existait qu'à travers mon manque, ce désarroi, une mélancolie.

Oui, tourner en solo autour des darses et des grues, vers ces rues effacées derrière la ligne des immeubles et des hangars neufs.

Recompter les quais, toiser le château et ses hautes tours.

Suivre comme dans un labyrinthe à ciel ouvert la corniche, le canyon de la Penfeld, pour atteindre Pontaniou. Ou filer jusqu'à la Cavale-Blanche, avec derrière le quartier de Saint-Martin épargné par les bombardements de la guerre, vers ces maisons grises que je supposais appartenir à d'anciens capitaines au long cours ou à de vieux coloniaux, et donc remplies de bimbeloteries asiatiques ou de panneaux frappés d'idéogrammes, avant de revenir par la rue Kerfautras passer ma main sur la façade de ce qui fut l'imprimerie L'Avel, puis de reprendre par Jean-Jaurès, multipliant les boucles et les diagonales autour de la rue Victor-Hugo, qui semble vouloir se jeter dans les bassins, la rue de ma grand-mère, Jeanne.

Je dormais dans un lit de célibataire, étroit comme une bannette de cargo, pris entre les cloisons et l'oscillation de la mer dans la rade. Je laissais les rideaux ouverts. J'éteignais toutes les lampes sauf une loupiote, et je reprenais mes notes et mes esquisses, laissant la nuit envahir la chambre, cette nuit de l'Ouest, âpre et salée. Je la regardais encrer les toits, les effacer, entrer pour dissoudre les meubles, avaler le tapis, me submerger…

Le matin tôt, j'abrégeais mon petit déjeuner dans la salle à manger entre les représentants de commerce et les officiers mécaniciens en attente d'embarquement (dès six heures trente, l'odeur fade du café, la baguette industrielle et les mini-barquettes de confiture, la télé sur son étrier mural où tournaient en boucle les informations) pour repartir encore, laissant ma clé au comptoir et promettant de revenir au soir, mon carnet et des Rotring en poche (dessiner les bouées de traviole, ce vraquier à l'ancre, les mouettes sur des plots), pour ne suspendre ma course que vers midi, anonyme dans une cafétéria côté Coat-ar-Guéven, poussant mon plateau sur le rail devant la préposée, un menu fixe, plat et dessert, carafon de vin et café noir en sus grâce à un jeton, sans parler à personne jusqu'au soir, concentré, entretenant mon engourdissement, ma quête, ce rêve éveillé… Cela ne me pesait jamais mais, au contraire, me soulageait, c'était mon procédé pour décanter, me concentrer, mieux voir. Alors seulement je reprenais ma course, dévalant la côte, en attrapant une autre, les adresses des trois anciennes fumeries d'opium en tête, m'arrêtant au cimetière où quelques tombes me retenaient, revenant par des jardins, usant de bifurcations, de coudes, de rampes, repassant devant les magasins d'accastillage et les vitrines des antiquaires. Attentif toujours aux rues, aux brouillards sur la rade, alors que les lampadaires sur la jetée s'allumaient comme des yeux jaunes de chat, je déroulais, bien entraîné, un pas rapide, sans fatigue. À quel angle déjà le bistrot *Au retour de Chine et du Tonkin* ? Combien de récits décousus, d'instants perdus ? Allais-je finir par croiser l'un des miens avec son visage de jadis ?

Deux ou trois verres suffisaient au dîner pour poursuivre l'hypnose car j'étais là pour marcher, marcher encore, dans un envoûtement somnambulique, remontant ou dévalant les escaliers, les quais, et encore la corniche, reprenant le pont, abandonnant la Brest des autres pour tenter d'apercevoir celle que j'espérais en dessous, côté Recouvrance – dédale couleur vieux-sucre aux trouées de mer, écheveau de cheminées, ciel d'encre martelé d'éclats –, l'amorce de ce film hypothétique où se faufileraient les ombres et où je restais moi, cherchant un passage dans le temps antérieur, frôlé par quelque chose…

25

Il y a quelques années, on avait exposé ici, au musée de la Coupole, près de Saint-Omer, des « Images de Dora ». L'affiche montrait, sur fond vert, un déporté français en tenue rayée, et en vis-à-vis, sur fond bleu, un astronaute de la mission Apollo 11, Neil Armstrong. Pour sous-titre : « Au nom des 20 000 oubliés de la conquête spatiale ». Voilà qui pouvait surprendre… Pourtant, le site était dans sa logique puisque, durant la Seconde Guerre, il avait abrité une base allemande de missiles, les fusées V2, abréviation de *Vergeltungswaffen* 2, « armes de représailles ». Si les V1 volaient déjà à six cents kilomètres/heure, ils restaient bruyants et repérables, et pouvaient être détruits par les batteries adverses. Les A4-V2, eux, étaient beaucoup plus sophistiqués et, pour l'époque, hors normes : quatorze mètres de haut, treize tonnes, cinq mille kilomètres/heure. Un essai en octobre 1942 avait même réussi à hisser l'engin par un tir vertical à quatre-vingt-cinq kilomètres d'altitude, en sortant de l'atmosphère ! Devant des dizaines d'officiels bluffés, le patron du site ultra-secret de Peenemünde, dans un fjord de la mer Baltique, Walter Dornberger, ne s'était pas trompé : « La preuve est faite que la fusée à réaction est un moyen de navigation dans l'espace. » Il ajouta, prophétique : « Nous avons mené la génération actuelle sur le seuil de l'espace [...]. Le chemin des étoiles lui est désormais ouvert. » Mais à l'heure où le Reich se fissurait, où la Luftwaffe n'avait plus assez de pilotes pour tenir le ciel, où les forces alliées prenaient les divisions allemandes en tenailles, autant utiliser ce puissant engin à des fins militaires. On y ajouterait huit cents kilos de charge explosive. Choyés par l'ordre nazi, financés à coups de millions de Reichsmarks, les scientifiques ne montrèrent que peu de réticences. Ils redoublèrent plutôt de zèle. Parmi eux, l'ingénieur Wernher von Braun, un aristocrate, major de la SS, en charge du centre d'essais à Peenemünde, et qui, dès 1932, avait travaillé sur les différents programmes à la Direction des armements. Un homme charismatique et doué. Un génie, selon certains. Depuis qu'il avait vu le film de Fritz Lang, *La Femme sur la Lune*, où un groupe de savants s'arrimaient sur l'astre, prospectaient les sous-sols en quête d'un filon d'or, tentaient d'y établir un couple pour fonder une nouvelle humanité, il avait lui aussi, et il ne s'en cachait pas, ce rêve absolu. Autant, donc, profiter de cette manne. Et tant pis si sa fusée A4, ancêtre des missiles intercontinentaux et des lanceurs spatiaux, allait devenir une V2 meurtrière.

À l'en croire, il fallait en passer par là pour poursuivre ses recherches.

Toutefois, en août 1943, après le bombardement de Peenemünde par les Alliés, qui ruina les installations, la production serait mise à l'abri dans le sud du pays, à Nordhausen, en Thuringe. Là, une mine de gypse, élargie et réaménagée, deviendrait l'usine, la *Mittelwerk*. Selon Heinrich Himmler, patron de la SS, les déportés, puisés dans les viviers de Buchenwald à côté, serviraient de main-d'œuvre pour les tunnels sous la colline du Kohnstein. Leur vie n'avait pas d'importance, et dans les territoires occupés les geôles étaient pleines. L'objectif du camp de Dora : achever l'élargissement de la mine, installer l'usine dans les profondeurs, puis fournir, à raison de cent unités par jour, douze mille fusées pour inverser le cours de la guerre.

Entre septembre 1944 et février 1945, les missiles allaient donc être fabriqués et assemblés par des prisonniers, notamment français. Puis trois à quatre mille de ces engins seraient tirés du nord de l'Europe, atteignant Paris et l'Île-de-France, puis Londres, Anvers, Liège – des rampes mobiles de tir, moins détectables, étant préférées aux sites fixes, pilonnés par les Alliés. Pour un résultat médiocre, aucun objectif d'importance n'ayant été touché, le système de guidage n'était pas au point. Winston Churchill finira par s'en gausser : « À la place de Hitler, j'aurais fait fusiller l'ingénieur qui m'a fait construire une arme aussi coûteuse et aussi peu efficace. » Mais si les

V2 firent deux fois moins de victimes en Angleterre que dans les rangs des déportés de Dora, leur impact psychologique fut indéniable. Tombée du ciel, au-delà de la vitesse du son, la mort surgissait instantanément et détruisait tout...

Aujourd'hui, en dépit des bombardements qui se sont succédé, le dôme colossal de béton armé de la coupole, sorte de grosse soucoupe volante de soixante-douze mètres posée en surplomb de la bourgade d'Helfaut, accueille encore le visiteur. Il paraît indestructible et, heureusement, il n'a pas eu le temps de servir. On y pénètre par un tunnel qui fait un coude, flanqué de galeries adjacentes ; certaines sont dégagées, d'autres barrées de blocs énormes où les marteaux-piqueurs ont laissé leurs morsures. L'humidité suinte à travers la craie. Des wagonnets d'époque achèvent de rouiller dans une travée. Un astucieux bruitage replonge dans l'ambiance confinée d'alors...

Au fond, un ascenseur s'élève quarante-deux mètres plus haut, sous le dôme, dans ce qui aurait dû être la salle de contrôle. Une vidéo montre alors les vérifications des techniciens qui, juchés sur des passerelles, interviennent sur le fuselage des V2, ouvrant des trappes pour y plonger des capteurs. Puis on suit l'acheminement du missile sur un mini-rail jusqu'à son pas de tir. Parée d'un damier, la fusée à ailerons est prête à frapper ses objectifs.

Le plus saisissant est exposé dans les salles circulaires. Hormis les maquettes de V2, derrière lesquelles s'alignent par ordre chronologique les fusées américaines, russes, puis européennes, on y retrouve le portrait en pied et en technicolor de Wernher von Braun. Sur le cliché, celui en qui Adolf Hitler voyait la réincarnation de Thor, le dieu du Tonnerre, ressemble à un honnête *salaryman*, chemisette blanche et cravate noire, porte-cartes en plastique pincé sur la poche de poitrine, début d'embonpoint, satisfait et confiant. Lui qui avait toujours prétendu être devenu nazi en 1937 par calcul – après tout le régime lui offrait crédits, labos et sites d'essais –, être entré dans la SS par prudence, puis avoir sous-évalué la saignée que son entreprise produirait sur les camps (il se rendit cependant plusieurs fois à Buchenwald, sélectionnant ingénieurs ou techniciens, et il vit bien ce qui se passait à Dora), enfin avoir été pris dans l'engrenage de ses choix, s'était transformé après guerre en un respectable citoyen américain. Comme des centaines de chercheurs allemands, y compris ceux de cette nouvelle science aéronautique, dont les expériences sur la dépressurisation avaient été menées sur des déportés sacrifiés, il avait été exfiltré grâce à l'opération « Paperclip ». En dépit d'un passé plus qu'ambigu, à tout le moins zélé, sa foi visionnaire comme son savoir dans les fusées balaieraient tout. Mieux, la guerre froide amplifierait ses recherches et ses travaux – l'Amérique n'entendait pas se faire distancer par les Soviétiques. Naturalisé en 1955, il serait protégé, aidé, et financé. Les États-Unis lui fourniraient d'énormes moyens, d'abord dans le secteur militaire puis spatial, ayant rappelé autour de lui plus d'une centaine de « Peenemündiens », sa vieille garde de savants.

La photo date de 1969. Soleil de Floride. Von Braun prend la pose devant une fusée rutilante. Rien de moins qu'Apollo 11, le vaisseau qui emportera les astronautes sur la Lune ! Après avoir repris ses essais sur les V2, dirigé la mise au point de missiles nucléaires, lancé le premier satellite artificiel Explorer, von Braun avait obtenu la direction du centre de vol spatial Marshall de la NASA en 1958, dont il sera administrateur adjoint jusqu'en 1970. Il dirigera les programmes de vols habités Mercury et Gemini, puis les lanceurs Saturn des missions Apollo. Son enthousiasme, son obsession à réussir seront venus à bout de tout, y compris des réticences de la CIA (qui avait détecté trop de « nazis convaincus » dans ses équipes) et des présidents américains successifs. L'un des trois astronautes, Buzz Aldrin, le reconnaîtra : sans cet Allemand, pour le moins trouble, conquérir la Lune aurait été impossible. L'ex-nazi restera le père du premier alunissage américain. « *This is my day !* » se serait-il écrié à l'instant où Armstrong posait son pied sur l'astre lunaire, en ce jour de juillet 1969. Oui, et alors que les capitales du monde s'embrasaient à la nouvelle, que l'Amérique de Richard Nixon laissait éclater sa joie et sa fierté, le savant envisageait déjà de pousser d'autres engins jusqu'aux confins de la galaxie, et pourquoi pas atteindre Mars…

Toutefois, fait exprès de la scénographie du musée de la Coupole, un mot de quatre lettres était répété sur le mur du fond, en un rappel : DORA. En l'occurrence, il s'agissait des croquis clandestins signés par le déporté Léon Delarbre (matricule 53083). En dépit du danger, celui-ci avait dissimulé et conservé son œuvre, collée sur sa poitrine, dans les camps où il était passé. D'un trait tremblé, où, pour une sinistre chorégraphie, se mélangeaient moribonds, cadavres et pendus, hommes nus face à des kapos armés de matraques, il venait rappeler l'envers de cette entreprise : le sacrifice d'un peuple d'esclaves, chargés de l'excavation, du gros œuvre, puis de l'assemblage et du transport des fusées. Sous les coups des SS, qui maintenaient la discipline par la faim et la terreur, la mort était leur lot... N'en déplaise à von Braun et à son sourire triomphal, sa conquête des étoiles avait dû franchir d'abord la porte des enfers. Les prisonniers de Dora en firent les frais, Paol parmi eux. Comment l'oublier en regardant le ciel ?

26

À quoi songe-t-il, pris entre le rêve et l'ombre permanente ? Réfléchit-il de manière sensée ou ne connaît-il déjà plus, entre l'angoisse et l'insomnie, que le souci viscéral de durer ? Et lorsqu'il s'assoupit entre les autres, sur le châlit avec la maigre couverture partagée, au-delà du souvenir du wagon qui ne cesse de le hanter (certaines scènes d'abandon et de désespoir), dans ce train semblable à des dizaines qui alors roulaient plein est vers les gueules insatiables des camps, parvient-il à faire revenir dans sa mémoire un peu de ses pays bretons ? Ou les vers qu'il aimait réciter sur les grèves, ceux de son adolescence, les poèmes de Tristan Corbière, « Il fait noir, enfant, voleur d'étincelles / Il n'est plus de nuits, il n'est plus de jours » ? Ou à faire revivre la vision tremblée de Jeanne, sa douceur et ses caresses, le visage de son dernier fils, celui de son aîné déjà parti, et sa grande fille disparue, elle aura seize ans pour l'éternité, « Va vite, léger peigneur de comètes / Les herbes au vent seront tes cheveux » ? Ou plus du tout ? A-t-il mis au point une stratégie qui fonctionne et le préserve ?

Il y a quelques mois encore, Paol entretenait son jardin de Plomodiern, soignait son palmier, récoltait ses pommes, veillait sur Jeanne et ses deux fils, peut-être avait-il ce jour-là, après le travail et ses occupations, profité de la plage et de son canot… Il se pourrait qu'il ait refait l'ascension du Menez-Hom, qui domine l'Aulne et la baie de Kergat. Il abrite sur ses pentes la tombe du roi Marc'h – encore faut-il la localiser. Selon la légende, on doit au terme de chaque ascension ajouter un caillou à la sépulture car, une fois la tombe surélevée – de sorte que l'église en contrebas, sur l'autre versant, puisse être enfin visible –, l'âme du monarque, délivrée du maléfice, rejoindra le vent, l'écume, le large. Jamais Paol n'y manquait.

Parfois, il y a une fratrie qui se crée entre deux, trois, quatre camarades, comme le raconte Christian Pineau dans son ouvrage, ou Henri Mainguy (matricule 43922) dans ses souvenirs, des gars d'un même coin ou d'un même quartier qui, par solidarité, ne veulent pas être séparés et, s'il le faut, partageront les pires corvées. Et puis Paol en tant qu'officier a vu la mort partout, en 1914, dans la boue des tranchées, puis en Indochine, enfin début 1940 lorsque l'armée française avait cédé. Il pourrait être un appui pour ceux qui ont l'âge d'être ses fils, ses soldats. En tout cas, j'ai le sentiment qu'il n'est pas seul dans son block, et qu'il tient le coup, digne, en dépit du passage à tabac de Pontaniou, de son séjour à Compiègne, du convoi à bestiaux. Peut-être s'est-il mentalement ramassé, donnant ainsi moins d'emprise, laissant moins de chair au vent mauvais, mais gardant tête haute, même rase et balafrée ? Sans ça, il n'aurait pas été désigné pour ce kommando, il aurait été éliminé à la descente ou poussé au *Revier* de Buchenwald. Or, pour le moment, Paol est bien sur la liste des vivants, les « aptes », économisant ses forces comme un animal trappé. Mince sursis.

27

Sur le site commun aux deux camps (Buchenwald/Mittelbau-Dora), les fiches des déportés ont été microfilmées.

Pour les Français, le classement est le suivant :

607 MI 1 – matricules 9 (Richer, Philippe) à 38672 (Merella, Armand) ;

607 MI 2 – matricules 38673 (Pierre, Guy) à 77415 (Lebrun, Michel) ;

607 MI 3 – matricules 77416 (Lamy, Roger) à 130871 (Limonad, Karl).

Ce fonds d'archives est essentiellement russe. On peut faire une demande sur internet en remplissant un formulaire et en le soumettant aux conservateurs, qui tenteront de répondre dans un délai « *entre quatre et six semaines* ». Il est précisé que « *l'accès aux dossiers des interrogatoires* », pas plus que « *les renseignements sur le lieu exact de l'ensevelissement* » ne sont possibles. J'ai rempli le formulaire, précisant mon lien de parenté, l'objet de ma recherche, et l'ai envoyé d'un clic dans les méandres informatiques.

La première réponse a été celle-ci :

Madame, Monsieur,

Nous vous remercions de votre demande et prendrons contact avec vous le plus rapidement possible.
Cordialement,
Dr. Regine Heubaum

Wissenschaftliche Mitarbeiterin Archiv
Stiftung Gedenkstätten Buchenwald und Mittelbau-Dora

Je ne croyais pas à une surprise majeure. Au mieux, j'espérais un document, une fiche personnelle par exemple, puisqu'un dossier accompagnait chaque déporté – la bureaucratie nazie étant « paperassière », tout était comptabilisé et répertorié, précis sur le statut de détention, l'affectation des kommandos…

Le déporté Christian Pineau, du même convoi, a évoqué de fastidieuses formalités à Buchenwald puis des entretiens serrés avec l'administration du camp, mais ne mentionne pas de prise de vue à des fins d'identité. Y en aurait-il une quand même (j'en ai pour d'autres prisonniers, et il est avéré que, sur place, un labo photo fonctionnait), qui aurait été jointe à son dossier depuis Pontaniou et Compiègne ? Si c'était le cas, ce serait la première fois où je verrais Paol à quarante-neuf ans, pris dans les mailles du Reich, sa trace physique, à quelques semaines du trépas. Et ses yeux ouverts dans le basculement…

Pauvre petit grand-père inconnu qui ne pouvait se douter à ce moment-là que, la guerre finie, une fois ses bourreaux exécutés, sitôt dévidée cette pelote de faits et de gestes qui passe par la Bretagne, le nord de la France et l'Allemagne, les trains de la peur, les cargaisons de prisonniers effondrés, l'usine à fusées, la boue glacée, le fils aîné de son fils cadet le pisterait soixante-dix ans plus tard… Lui, pris au piège de la lumière glauque du baraquement avec sa tête de bagnard. Sa pâleur aussi. Sa maigreur. Ce qui le ronge, ce qui le terrasse. Lui, l'Indochinois, le Brestois, l'époux de Jeanne, le père de Lucie, Ronan et Pierre. Lui, l'enfant des presqu'îles. Lui, dans sa minuscule et si fragile éternité, arc-bouté puis broyé – et l'image d'une bouée de signalisation, sortie de son attache, malmenée, me paraissait la plus juste. Elle allait, poussant son signal affaibli, en s'effaçant.

*

Un mois plus tard, j'ai réitéré ma demande. Puis j'ai retenté ma chance une troisième fois le mois suivant.

Le docteur R. Heubaum a fini par m'adresser un mail personnel. Ses archives donnaient l'itinéraire de Paol, de Buchenwald à Bergen-Belsen, en passant par Dora. Toutes ses dates entre fin 43 et la mi-44 étaient précisées, au jour près, corroborant celles recueillies de mon côté. Cependant, le docteur ne possédait pas de photo de ce «*political French*», ni de documents ciblés, le dossier du n° 38676 étant «*incomplet*». Il m'était conseillé de m'adresser à l'International Tracing Service, le service de recherches dépendant de l'Unesco, à Bad Arolsen. À disposition, des millions de documents et de fiches phonético-alphabétiques des victimes de la persécution. Ce que je fis…

Quelques semaines plus tard, une dénommée Iris Beekmann me promit, là aussi, selon la formule, de répondre dès que possible, «*mais au-delà des délais habituels, le nombre de demandes étant extrêmement élevé*».

Sept mois après, un dossier m'arriva par mail, dans un français impeccable, signé par une certaine Carmen Ferenczy, avec seize documents en fichiers joints concernant Paol: fiche perforée individuelle, fiches d'internement des trois camps, listes de prisonniers à la lettre C, copies de microfilms, et, à défaut d'un cliché anthropométrique, un récépissé pour quelques vêtements avec son nom en bas à gauche – est-ce lui qui avait signé au crayon de papier?

Il était précisé que Paol avait été incarcéré puis déporté par la Direction de la police pour la sûreté d'État, dont relèvent la Kripo et la Gestapo, lors de l'opération «Meerschaum», soit «Écume de mer». Le nom de code pour «*la déportation de Français placés en détention de sûreté pour faits de résistance contre l'occupation allemande*».

La guerre avait changé de dimension: elle était

devenue aussi économique, et les Allemands n'entendaient pas se priver d'une telle manne. En parallèle aux prisonniers « NN » (« *Nacht und Nebel* », soit « Nuit et brouillard »), qui devaient disparaître, « Meerschaum » concernerait donc l'« écume » des sans-grade, des résistants de base, du menu fretin des opposants, retirés du circuit pour sécurité, et qui, hors de toute procédure, travailleraient jusqu'à l'épuisement. De l'autre côté du Rhin, la machine concentrationnaire réclamait son dû.

28

Il pleuvait copieusement sur Kergat. La mer poussait ses armées de vagues qui ruinaient les dunes. À chaque éclaircie sur notre Bretagne grise et bleue, Pierre sortait dans son pré détrempé. Depuis que j'étais arrivé dans la presqu'île, il m'avait semblé le reconnaître partout, sur le parking ou le parvis de l'église, devant la boulangerie ou le long du môle, sa silhouette, ses cheveux blancs, son anorak décoloré, et sa vieille cylindrée qu'il s'obstinait à malmener dans les chemins de terre, mais ce n'était jamais lui. En fin de saison, la presqu'île n'était déjà plus peuplée que de retraités, anciens de la Marine ou de l'Arsenal, tracassés par leurs occupations, ruminant des bouts de récits, un œil sur la trotteuse de leur montre. Le temps, le temps…

Son cheval boiteux, Jazzor, était mort. Bien sûr, il en avait racheté un autre, un alezan, Laskar, mais qui redoutait le roulement de l'océan et, avec son mètre soixante-dix au garrot, l'obligeait pour le monter à utiliser un escabeau. Il regrettait ses galopades sur la frange maritime, défiant la marée…

Près de la haie qui ouvrait sur les champs, Pierre se tenait devant son van bicolore, une pelle à la main. Mon père avait gardé sa robustesse, l'âge ne lui avait rien enlevé, juste un peu courbé, normal pour un octogénaire, et sous des cheveux courts, les mêmes yeux de schiste vert, ardents et sensibles, sur des traits accentués. Quand nous étions enfants, avec mon frère, il nous impressionnait par sa vigueur, sa droiture, sa fiabilité de métronome. Le genre d'homme qui vous promet qu'il ira vous chercher dans un mois, un lundi à seize heures, où que vous soyez, et qui sera là, comme convenu, avec quinze minutes d'avance, tranquille derrière le volant de sa voiture. Il nous avait appris à presque tout faire : nager, godiller, naviguer, conduire, escalader des falaises, rejoindre la grotte Absinthe, monter à cheval, tirer au fusil, chasser au harpon. À ne jamais réclamer. À garder les dents serrées. À s'obstiner. Lui était devenu depuis un cavalier insatiable et monomaniaque, en selle chaque matin, qu'il pleuve ou qu'il neige, l'équitation pour religion, capable aussi de fendre son bois à la hache, d'avaler vingt kilomètres à pied pour le plaisir, de réciter du William Blake. Toujours en forme en dépit d'un ou deux pépins de santé, mais ne s'en plaignant pas, endurant.

Évitant les sujets qui fâchent et les mots qui brûlent, je savais minimiser les situations. Mais, cette fois-là, l'exercice était difficile, je venais de faire un détour par le fort Montbarey, près de Brest, le mémorial des Finistériens, j'étais sous le coup de l'émotion.

Perdu entre des zones commerciales, un reste de bois, un château, un parking, le site était peu fréquenté. Entre des vestiges de blockhaus, des Jeep et une automitrailleuse, on y trouvait deux ou trois salles, ainsi qu'un wagon d'époque ayant servi aux transferts vers l'Allemagne, rouillé et enduit de suie, des lettres et des chiffres sur ses vantaux. Dominant le lieu, le portrait en noir et blanc d'un déporté, agrandi à la taille d'une affiche, pupilles en billes d'acier, fixait dès l'entrée le visiteur...

Où se situait l'intolérable et sa frontière ?

Après avoir hésité, fait quelques pas dans la cour gravillonnée, j'avais emprunté la passerelle menant au wagon. Une centaine de prisonniers avaient tenu là, derrière cette porte coulissante, terrassés par l'angoisse, pris dans ce cercueil bruyant. Bois rouge, noirci. Plancher aux lattes pourries. Verrous mangés. Fentes entre lesquelles avaient défilé, au-delà des traverses et du cailloutis du ballast, le crayonné des bourgs, la monotonie de la campagne, le pays définitif dans lequel, après d'interminables manœuvres et ralentissements, il leur faudrait pénétrer...

Sur une feuille plastifiée, punaisée à la paroi, récapitulant une liste de déportés bretons, le nom de Paol allait apparaître, le sien, le mien, tapé à la machine à écrire avec une faute de frappe, tant pis, mais c'était le sien quand même, qui le désignait, l'assignait, et j'en fus saisi au point de devoir reculer, de sortir pour respirer. Les vers de Pablo Neruda m'étaient revenus, terribles, fraternels : « Je me suis assis seul dans le train immobile / Entre les corps qui étaient partis. »

Voilà, je touchais l'os de mon histoire. Il n'y avait rien au-delà et aucune parole ne tenait plus si elle n'était supplique, prière. Je m'étais senti honteux d'y être entré, en curieux…

Enfin j'arrivai à la maison, sur la presqu'île, empruntant le pont de Térénez. Les mails et les courriers avec le conservatoire de Dora, en Thuringe, et les informations de Bad Arolsen, avaient réactivé ma quête. Tout s'imbriquait. J'étais décidé à pousser jusqu'en Allemagne.

Je coupai le moteur de la voiture. J'attendis avant de sortir sous les grands cyprès qu'il faudrait un jour abattre, le vent dans le coin tapait si fort. À travers la vitre, je regardais mon père. Je lui fis signe. Il me rappelait ces commandants de navire qui, de leur passerelle, toisent sans frémir la mer formée, et gardent leur cap. Il était l'homme du silence.

— Tu sais, je vais aller en Allemagne, à Dora, lui avouai-je une fois dans le jardin.

Comme piqué par un frelon, Pierre sursauta. Il me fixa, sidéré. N'avais-je pas renoncé à ce foutu projet ? Il me l'avait demandé pourtant.

— Ah bon ? Quand ?

— Là, bientôt.

— J'aurais pu m'y rendre cent fois, murmura-t-il, mais je ne l'ai jamais fait…

— Je le ferai pour toi.

Mal mis, le col de son polo faisait un renflement sous son pull. Du plat de la main, d'un geste complice, je voulus le lui aplatir.

— Ça te fait une bosse, dis-je pour plaisanter.

— La bosse de Dora, ajouta mon père, en rectifiant sa mise.

Ses yeux déjà ne me voyaient plus. Il baissa la tête. Il portait encore le poids de tout. Nous étions toujours au commencement et sa souffrance était bien là, vive, résurgente. Pourquoi étais-je le seul de ses enfants à désobéir ? Écrivain ? La belle affaire !

Alors, digue qui rompt, son visage céda, et Pierre se mit à pleurer en dedans, à pleurer invisiblement, et, comme à chaque fois, sa peine vint me faire barrage, déclenchant ma culpabilité, je redevenais le fils qui ne la boucle pas, le traître, celui-qui-veut-parler, et du coup je n'osais plus rien ajouter, ni le prendre dans mes bras comme j'aurais aimé le faire tant de fois, car, par tempérament, il ne supportait pas de baisser la garde, de montrer ses failles. Il se ressaisit, se recomposant vite une attitude. Allez, allez... Nous refluâmes vers la maison, broyés par une contradiction épouvantable, sous l'avalanche des blocs de tristesse. N'étions-nous pas comme jamais au plus loin et au plus près de nous ?

Devant ma mère qui, elle non plus, ne savait plus que dire, on fit semblant de prendre un café et des biscuits. Estomacs noués. Tout était de trop dans le calme de la pièce. Une syllabe aurait fait étincelle. Mais, alors que tout aurait pu se délier ce jour-là, que les premiers mots et les noms auraient égrené leur chapelet, débobiné le fil de la mémoire, remonté vers la source, sa résurgence, il fit de nouveau diversion, évoquant les caprices de Laskar, la pluie sur la pointe de Kergat, sa voiture qui avait flambé toute seule, prise de fantaisie...

Y avait-il un fait indétectable à distance, un autre personnage en filigrane dans ce récit morcelé, un double fond ? Ou, comme j'en étais persuadé, seulement la masse jamais entaillée du malheur, le silence servant de tampon protecteur entre lui et le gouffre ?

Pourtant, il aurait suffi, au moins une fois, que tout lui revienne pour qu'il s'en délivre, tu sais, je vais te dire mon fils, oui, dis-moi papa, raconte-moi, alors c'était durant la guerre, ce bourg perdu, l'Iroise et le vent, et lui qui s'absentait souvent, mais je ne savais rien de ses activités, non, ce qu'il aurait pu révéler nous aurait mis en danger, je me souviens qu'il y avait quand même quelque chose d'inexpliqué dans son comportement, à une époque où déjà la mort de ma sœur nous avait dévastés, et que Ronan était parti trois semaines auparavant à Paris chercher du travail, ce qu'on répétait, fallait donner le change, et donc, tandis que la mer moutonnait au large du cap, les autres sont arrivés, le palmier ayant peut-être servi d'indicateur, la villa au palmier, et non pas l'autre, moi-même je les confonds... Voilà, et puis tu sais, bien après, je crois que, enfant de déporté, tu ne fais toute ta vie qu'attendre un retour, tu ne fais qu'espérer une porte qui claque, une voix hypothétique, la sonnette, un précipité de pas, mais comme personne ne vient, que tout est vide, que le monde n'est qu'absence et brouillard, tu te résous à croire aux fantômes, aux ombres et aux intersignes dans les arbres et dans les nuages, et tu finis par transmettre ça, sans le vouloir, et c'est pour cette raison que tu es là, cette après-midi, à Kergat, sous la pluie et dans la prairie détrempée, parce que c'est ta part à toi, mon fils, et qu'il n'y a rien d'autre à faire que ça, peut-être, si c'est ta voie et ta nécessité, redire avec tes mots le naufrage, le courage et la peur de ceux qui furent les nôtres, et enfin les laisser partir, disparaître pour de bon…

Mais non. Pierre n'en démordait pas. Le silence était une pâte transparente qui avait durci jusqu'à nous immobiliser dedans. Nous nous voyions à travers sans nous entendre. Ce drame ne serait jamais le mien ; il ne me l'accordait pas ; pourquoi insister ? Alors, je m'étais levé, j'avais fait mes au revoir à mes parents, démarré la voiture, adressé un signe par la vitre baissée, et, dépassant le bloc transfo électrique, quitté le chemin, reprenant sur la droite la route bitumée, pour laisser derrière moi la falaise du cap où Ronan avait pris le large pour l'Angleterre, Plomodiern où Paol avait été arrêté, et la maison de Pierre, qui garderait le plomb de son récit. Dans le rétroviseur, mon père rapetissait. Cette fois, c'est moi qui pleurais, déglingué, derrière le pare-brise.

*

Le hasard s'en mêla…

Décidé à rentrer le soir même sur Paris, j'avais préféré la route sud qui longe la baie. Prévoyant six ou sept heures de voyage, je m'étais arrêté dans une supérette près des Tamaris, pour acheter de quoi grignoter et une bouteille d'eau.

La nuit s'était posée sur la mer couleur d'huître. La baie s'illuminait. Quelques voiliers rentraient. L'air était doux et salé. Et c'est alors que j'avais aperçu, de l'autre côté de la voie mangée par des traînées de sable, au rez-de-chaussée d'un immeuble de locations, la vitrine d'une agence immobilière. J'avais lu :

« *Agréable maison de maître qui vous rappellera La Baule, cadre paisible, salon séparé, beaux volumes, quatre chambres, jardin arboré. À rafraîchir (réf. 663, 207 900 euros).* »

Une photo était agrafée. Avec sa façade blanche, ses volets gris et cette fenêtre panoramique en demi-lune, je reconnus aussitôt l'une des deux villas jumelles sur leur crête, à l'écart du bourg.

Plusieurs fois déjà, j'avais rôdé autour, décontenancé par la symétrie des bâtisses, répétées comme un hoquet jusque dans la configuration de leur jardin, l'une avec notre histoire et la vérité, et l'autre sans, vierge de toute horreur, insignifiante. Elles étaient toujours fermées, et la première presque à l'abandon. La seule fois où il y avait eu quelqu'un à l'intérieur, une dame âgée qui tricotait, celle-ci ne m'avait pas ouvert, m'observant avec méfiance derrière son rideau. Pourtant, je n'avais rien d'un démarcheur. Et puis laquelle était-ce ? Rien n'indiquait sur leur façade, en lettres forgées ou en caractères fantaisie, le nom donné par leurs propriétaires. Où était Ti-Lann ?

Je n'avais pas de rendez-vous, il était trop tard pour contacter l'agence, de toute façon sa devanture était fermée, mais je m'étais précipité quand même, remontant le chemin devenu ruelle, le tournant d'en bas cachant les autres maisons rares, une fermette, de nouveau des champs où un tracteur avait laissé la marque de ses roues énormes. Dix minutes après, je me garais devant le portail, m'enhardissant à sonner. En vain. L'agence, dont les panneaux « À VENDRE » ornaient la rambarde et le fronton, n'organisait plus de visites à cette heure.

Mais était-ce bien celle-là et non pas… l'autre ?

J'avais fait cent pas devant la clôture à moitié enfoncée et, mimant un acheteur potentiel, mains sur les hanches et l'air intéressé, opinant du menton en évaluant la solidité de la toiture, je m'étais risqué sur la sente en gravier, la pelouse mitée, pour arpenter la terrasse de la bâtisse, caresser le tronc du palmier qui, sans doute, la désignait comme la nôtre (était-ce celui d'autrefois ou un autre plus tardif, voire un troisième planté par la volonté mimétique des voisins après la mort du premier, ce qui me ferait encore me tromper ?), descendant dans le jardin jusqu'à la haie qui donnait sur un garage, le bitume de la D47, ce paysage qui, de toute façon, avait été le sien, autrefois, avec les champs à gauche, le lavoir en bas et l'océan, dans sa vie bretonne, sa vie de guerre, sa vie siphonnée.

La maison de Paol et de Jeanne était restée presque la même, si c'était bien celle-là, Ti-Lann, je voulais m'en persuader. Derrière ses vitres salies, elle gardait le craquelé des villégiatures qui ne se réveillent que deux mois par an, en hibernation le reste des saisons sous la pluie insistante. Les locataires n'avaient guère laissé de traces. L'acheter ? Je n'y pensais pas. La voir, y pénétrer, mettre mes paumes sur les murs, entendre soupirer les marches dans l'escalier aurait suffi…

Tout paraissait confit dans l'obscurité qui montait. Le jardin infusait. Bruissement lent des arbres plus bas. Mes pas dans l'herbe puis sur la dalle en ciment, les marches de derrière. J'allumai la lampe de poche de mon portable… Et, du coup, dans l'atmosphère étrange, tout revint là encore, dans une coprésence des temps, imprégnant chaque centimètre de mur, de lambris, de moellon, à croire que le passé était emprisonné, coagulé, comme une scène que chaque atome de pierre aurait enregistrée, qui ne demandait qu'à être ravivé pour peu qu'on y fût sensible… Alors, comme on passe sa tête dans une trappe, j'avais plongé mon regard par la fenêtre pour entrapercevoir la travée du couloir, un début de parquet, un bureau avec des papiers, des gravures marines, le châle sur la chaise, des bottes dans le coin, enfin l'angle du vestibule où, sans ménagement, les nervis de la Gestapo tentaient de le ceinturer, invoquant une dénonciation et l'ordre d'écrou, puis l'agrippant, tandis que derrière la haie le moteur de la traction continuait de gronder tel un fauve qui exige sa proie. Et dans la confusion, l'empoignade et les coups, j'avais crié à Paol qu'il s'en dégage, maintenant ou jamais, sinon la machine le broierait, rien n'était alors plus précieux que lui, il fallait qu'il fuie vers le Menez-Hom, qu'il échappe à leurs poings, aux détonations des pistolets, la traction tentant bien de faire demi-tour pour le coincer plus haut, mais je le voyais cavaler, de la haie au lavoir, traînant sa jambe, coulant par les jardins des autres et les champs, et puis la lande, emportant les secrets qu'il savait, mon grand-père fragile, loin des maisons jumelles et du hameau où tout avait commencé, où tout finirait, aubes liliales et nuits de bruine…

29

Cent cinquante visages. Des hommes de face, de profil, de trois quarts. Avec le bleu de leurs tenues hachurées, le rouge du triangle inversé sur la poitrine, quelques détails en plus comme des lunettes, un morceau de tissu servant d'écharpe.

Cent cinquante visages sans doute ressemblants, saisissants et misérables. Avec, en dessous, un nom, un matricule, parfois une adresse.

Ces cent cinquante Français ont été dessinés par leur codétenu, Camille Delétang, début 1945, dans un camp satellite de Buchenwald, le kommando Holzen. Au péril de sa vie, il a utilisé comme support tout ce qu'il pouvait trouver : des sacs de ciment, des revers de paquets de cigarettes, des dos de formulaires. On a des scènes de groupe comme, par exemple, des appels ou des séances de travail forcé, mais on a surtout des portraits appliqués, coloriés, réalistes. Qui vous regardent. Vous interrogent.

Des notes complétaient le recueil, signées par un

second détenu, le médecin Armand Roux. En évoquant ses camarades dans les galeries et les usines d'armes de Thuringe, il consigne, en cherchant à détailler leur condition : « *Le bétonnage, le terrassement, la maçonnerie entraînent chez les hommes qui ne sont pas habitués à ce genre de travaux des blessures aux mains et des accidents…* » Plus loin : « *Les chaussures des travailleurs leur blessent les pieds, car ils n'ont pas de chaussettes […]. Il n'y a pas de médicaments contre la bronchite, la pleurésie, pas d'analgésiques, pas de fortifiants cardiaques…* »

Si Delétang confia une liasse de portraits de détenus polonais à un autre camarade (ils appartiennent désormais au musée d'Auschwitz), le lot consacré aux Français, plus important, avait disparu. On supposait qu'il avait été égaré lors des bombardements, l'évacuation, les marches de la mort, le tumulte indescriptible, notamment dans ce convoi d'avril 1945, à destination de Bergen-Belsen, stationné en gare de Celle, en Basse-Saxe, que bombarderaient les escadrilles américaines. Trois mille déportés s'y trouvaient, dont Delétang et Roux. La musette avec les dessins se serait perdue à ce moment-là. Depuis, aucune nouvelle…

Ils ont pourtant resurgi, à l'été 2012, rapportés au mémorial de Dora par un Allemand de quatre-vingt-onze ans, Richard Pfeiffer-Blanke, et sa fille. Lui les tenait de sa belle-mère. Habitant Celle, une maison près de la gare, elle lui avait raconté les avoir trouvés dans son jardin, jetés par un déporté, probablement un voleur, qui tentait de fuir et cherchait à s'en débarrasser. La propriétaire les conserva. Pour une raison mal expliquée, alors qu'il en avait évalué l'importance, son gendre, Richard Pfeiffer-Blanke, ne s'était jamais décidé à les montrer à quiconque. Il les gardait chez lui, dans une armoire, comme autant de reliques coupables, encombrantes, du passé nazi. Il n'en parlerait pas jusqu'à cette rencontre avec une conservatrice.

Finalement, une exposition leur a été dédiée à Dora : *Wiederentdeckt/Redécouverts*. Un catalogue a été édité. Les détenus français sont de nouveau là, de face. Et c'était un miracle d'avoir pu les faire ainsi remonter du temps passé puisque la plupart n'avaient pas survécu aux privations, aux coups, aux marches d'évacuation. On y déchiffre les ultimes fragments de leur existence.

L'article du *Zeit* du 25 avril 2013 concluait par ce paragraphe : « *Lors de l'inauguration, la petite-fille de Camille Delétang et trois petits-fils d'Armand Roux étaient présents aux côtés de Richard Pfeiffer-Blanke. C'était la première fois qu'ils venaient dans le pays des bourreaux.* » Cette dernière expression, plus que les morts aux joues coloriées, plus que ces morts au regard suspendu, me bouleversa.

30

Par facilité, j'avais été tenté de me joindre à l'une des visites organisées par l'Association Buchenwald-Dora (un autocar, soixante places, au départ de Montparnasse), mais l'idée de voyager en groupe, de me retrouver trois ou quatre jours à enchaîner les camps de la mort, à ruminer ça du soir au matin avec des inconnus, à dormir dans la même auberge, en l'occurrence à Ballstedt, au-dessus de Weimar où, certes, j'aurais pu faire un crochet, était au-dessus de mes forces… Alors, Léria à mes côtés, j'avais pris un premier train à la gare de l'Est pour Mannheim et un second pour Kassel, où j'avais réservé un véhicule. Même si ces quelques jours d'hiver en Allemagne ne l'enchantaient guère, ma compagne avait accepté, par complicité, par tendresse, son soutien et son sens pratique se révélant comme toujours d'un indéniable secours…

Mais au fur et à mesure que nous progressions dans les paysages allemands, je comprenais que cette histoire de déportation resterait dans *l'indicible*, qu'elle appartenait à une zone d'effroi inaccessible à ceux de mon époque, impossible à décrire, à transmettre *réellement*, que seuls les survivants ou les témoins pouvaient s'autoriser à le faire, ainsi étais-je bien présomptueux de m'y risquer, et je songeais à la quête de l'écrivain Eduardo Halfon sur les traces de son grand-père à Lodz et à Auschwitz, qui survécut au camp et s'installa au Guatemala (prétendant devant ses petits-enfants que le numéro tatoué sur son bras était celui de son téléphone, et qu'il avait été sauvé de la chambre à gaz grâce aux conseils d'un boxeur polonais, celui-ci lui ayant révélé la formule magique à souffler aux nazis, qui en étaient restés pantois, allez savoir laquelle !), cette curiosité du passé et des morts que Halfon finit par qualifier de «*pornographique*», mettant tout au jour, vérités comme mensonges, fustigé par sa famille juive qui ne comprenait pas pourquoi il remuait ça, matière dont il allait faire pourtant des récits de guingois, drôles et scintillants, pleins de mémoire vive, bref, que mon cheminement aussi resterait insuffisant, en deçà, *gratuit*. Toutefois, cette recherche de Paol était devenue mienne, elle me revenait ; elle était mon droit autant que mon devoir. Il s'agissait de rattraper Paol pour mieux le quitter, qu'il nous quitte aussi.

À Kassel, «ville des frères Grimm et capitale de la Route des contes de fées», nous prîmes une chambre dans un hôtel près de la gare. Le soir, nous dînâmes sur la Wilhelmshöher Allee, dans un restaurant chinois dont la devanture rouge et jaune avec ses lampions et sa débauche de dragons nous rappelait Pékin et nous égaya. Je commandai du vin, trop de vin, pour contenir mon malaise latent. Qu'allais-je trouver ? Rien de plus que je ne savais. Même si je me doutais que l'essentiel restait ailleurs, inaccessible, scellé dans la chambre des mémoires et du temps, tel un morceau d'inconnu et de silence, il me fallait arpenter les lieux, reconnaître la disposition du site, les bois autour, pénétrer les tunnels, tourner autour des machines, suivre leurs rails. Respirer l'air du fond et celui du dehors. Voir ce qu'il avait vu, appréhender l'espace et la distribution des choses. Ce que Paol avait vécu parmi ces collines où il avait agonisé. Et si je prenais le risque que son visage surgisse dans l'exposition commémorative du hall ou dans le livre du mémorial (son matricule soudain lisible le désignant), confrontation aussi espérée que redoutée, c'est que j'étais là, me persuadais-je, pour l'accompagner par-delà les années. Ne pas le faire aurait été le nier, son dernier regard était pour moi.

Nous rentrâmes par les rues adjacentes, en suivant le feulement des tramways, il n'y avait personne dans les froidures et le givre. À vingt-deux heures, Kassel avait fondu dans la léthargie de la province germanique. On avait coupé l'eau des cascades. La nuit était tombée dans les allées, les rues, et les drapeaux du château ne battaient plus.

Grâce à l'alcool, mon sommeil fut brutal, sans trêve.

Le lendemain, à neuf heures, l'agence de location ayant été prise d'assaut à cause d'un Salon, nous eûmes droit à un surclassement, et c'est au volant d'une imposante Opel Insignia, automatique et couleur «*cosmic grey*», dotée d'un moteur de cent soixante-dix chevaux comme le précisa fièrement le préposé, que nous prîmes la direction de Leipzig pour gagner Nordhausen, laissant de part et d'autre les bourgs de Staufenberg, Wingerode, Leinefelde-Worbis et Sollstedt, autant de concrétions inutiles que la puissante auto dépasserait à bonne allure, guidée par la voix syllabique et anglophone du GPS. En plus de mon café, j'avais avalé une demi-barrette de Lexomil. Les routes, où parfois des volutes glacées semblaient sourdre du bitume, s'enchaînaient. J'étais à mon tour au «pays des bourreaux».

31

On imaginerait un prénom de femme, le diminutif de Théodora. Ou celui d'un chat, affectueux et tendre. Si certains ont affirmé qu'il s'agissait d'une fillette, celle de Fritz Sauckel, l'ordonnateur des déportations, la réalité est banale : c'est l'acronyme de Deutsche Organisation Reichs Arbeit. Dora.

À partir d'août 43 et l'arrivée du premier convoi de Buchenwald, le camp de Dora va avaler ses fournées de déportés qui, à l'œuvre nuit et jour, par rotation de douze heures, vont descendre pour creuser comme des taupes les entrailles de la terre. Transformés en mineurs, ils développeront le réseau existant puis aménageront d'autres galeries, maniant la pioche, les marteaux-piqueurs et l'explosif, charriant les blocs de roche, étayant et bétonnant, soumis à une cadence infernale, morts et blessés remplacés par de nouveaux arrivants. Au final, deux tunnels sinusoïdaux, A et B, l'un pour l'assemblage, l'autre pour les acheminements, deux kilomètres chacun, larges de douze mètres cinquante, de quoi laisser passer une double voie ferrée. Et quarante-six autres galeries transverses, longues de cent quatre-vingt-dix mètres, certaines profondes de trente mètres. Le tout sillonné de mini-grues, de locotracteurs et de wagonnets, desservant les chaînes de montage des fusées-missiles.

Pour gagner du temps, les prisonniers dorment sur place, à tour de rôle, dans des alvéoles creusées dans les parois, sur quatre niveaux. On leur a ajouté ensuite des châlits à étages dans des halls-dortoirs. Mais c'est un cul-de-sac, peu aéré. L'hygiène est catastrophique. Crasse, poux, dysenterie et typhus. Ils manquent d'eau pour se laver, d'eau pour boire, d'air frais, de nourriture, de soins. La rivalité entre les nationalités s'est exacerbée. L'insécurité règne. Gare aux Russes ! De surcroît, il fait froid et humide constamment. Il n'y a plus de jour ou de nuit, seulement ce dédale où l'on respire mal à cause de la poussière ammoniacale, et une semi-pénombre trouée de quelques lampes et de projecteurs braqués sur les chantiers. Des mares stagnent dans les travées, de la boue partout, des éboulis, et la fumée au-dessus forme un nuage épais et sulfureux. Le vacarme, surtout, qui peut rendre fou, ne s'arrête jamais, il casse le système nerveux, l'écho des explosions se répercute de galerie en galerie. En principe, ce n'est que le dimanche que les déportés gris de poussière reviennent à l'air libre pour l'appel général, le *Zählappel*, mais il semblerait que, d'octobre 43 à avril 44, ils n'aient jamais pu remonter… sinon pour une désinfection !

En décembre 43, le ministre de l'Armement Albert Speer a demandé d'augmenter les rations pour que le travail se fasse plus vite et, surtout, de construire des baraquements à la surface. Exécuté en mai 44, cet ordre permettra à la majorité des détenus de quitter enfin, selon les rotations, les souterrains. Un répit pour ceux qui survivaient.

Au quotidien, tout répond à une logique militaire, la discipline est extrême. Si trois premiers V2 sont sortis à la date symbolique du 31 décembre 43, la fabrication en chaîne ne démarrera qu'en juillet 44. Les ingénieurs ont constitué des équipes, s'appuyant sur de prétendus « spécialistes ». Les autres bougres, hélas, sont incorporés dans les *Transportkolonnen.* La mortalité est élevée. Moyenne de survie : trois mois. Qu'importe, les nazis ont du stock !

À la surface, avec ses blocks de services et de futurs logements, ses allées, son enceinte, Dora fonctionne comme une mini-ville. Mais cette apparence de normalité est contredite par le régime qui sévit en dessous, dans l'usine elle-même, enfouie, sous ses mètres cubes de roche. Entre projecteurs et haut-parleurs, des locotracteurs tirent sans arrêt leur chargement et des plates-formes montées sur roues assurent les flux internes et externes. La chaîne de montage passe ainsi des magasins aux aires d'assemblage, des ateliers de câblage à ceux de soudure, enfin aux postes de contrôle tenus par les techniciens de von Braun, dépêchés de Peenemünde. Toujours par rail, la ligne de production se connecte dans sa phase finale au réseau civil : les missiles sont envoyés au centre d'essais de Blizna, en Pologne, pour une dernière vérification, avant d'être tirés sur les villes ennemies.

Mais la complexité titanesque du site est telle que d'autres galeries vont devoir s'ajouter, de même que des aires de stockage de plus en plus nombreuses, avec des unités spécialisées pour fournir l'oxygène liquide, le combustible des fusées. En permanence, il faudra aussi consolider ou terrasser tel segment des tunnels, ou prêter main-forte à la production des moteurs d'avion. À l'image d'une toile d'araignée, les camps annexes et les kommandos extérieurs se développeront. Dora-Mittelbau est devenu un organisme proliférant où se côtoient civils et militaires, administratifs et ouvriers spécialisés, déportés ou missionnés. Au total, soixante mille prisonniers seront utilisés, surtout des Russes, des Polonais, et près de neuf mille Français. À la moindre faiblesse, au premier ralentissement, sur soupçon de sabotage, la punition tombe, les exécutions sont monnaie courante.

Paol arrive de Buchenwald le 11 janvier et il restera à Dora jusqu'au 26 mars. Il aura vécu la période la plus difficile : certes, l'usine s'achevait, mais les travaux se poursuivaient et le camp à l'extérieur n'était pas encore utilisable. N'ayant aucune formation technique, ne parlant pas allemand, il n'a pas fait partie de ceux qui ont été retenus pour les ateliers, moins exposés, ou pour les bureaux, mais il a rejoint la horde des gueux, cette chair à chantier. En moins de deux mois et demi, dans le bruit des machines et des marteaux-piqueurs, le choc des explosions, à force de charger des poutrelles et de pousser des wagonnets, de creuser et de déblayer des blocs, de courir dans la nuit du tunnel sous les coups et les hurlements des kapos et des SS, d'avoir froid, faim et surtout soif, de dormir si peu dans l'air empoisonné, et d'avoir toujours peur, des morts mêlés aux vivants, du cauchemar qui surgit à un angle, sur un ordre, un cri, et vous tance, et vous désigne, et exige dans la pénombre de faire quelque chose d'impossible, de surhumain, d'épouvantable de fatigue, la machine Dora va l'anéantir comme la moitié d'entre eux…

32

« *Les aires extérieures peuvent être visitées tous les jours jusqu'à la tombée de la nuit. La visite des galeries n'est possible que dans le cadre des visites guidées. Nous vous recommandons de ne pas visiter le musée ni les galeries et l'ancien crématoire avec des enfants de moins de douze ans. Les températures dans les galeries se situant toute l'année aux alentours de 8 °C, il est préférable de porter des vêtements appropriés et chauds, même en été. La descente dans les galeries s'effectue sous la responsabilité des participants. Les visiteurs, individuels ou en groupes, ne peuvent pénétrer dans les galeries qu'en compagnie des guides du mémorial, formés à cet effet. En cas de panne d'éclairage ou autre danger ou perturbation, la visite doit être interrompue et il faut quitter les galeries.* »

Il n'y a plus grand-chose du camp en lui-même. En surface, la quasi-totalité des baraquements a été rasée sous les lames des bulldozers. Les barbelés enlevés, les miradors abattus. Le quartier des SS et les annexes administratives ont connu le même sort… Derrière deux poteaux, une guérite bétonnée, un train de chantier cassé, un wagon qui servait à emmener des hommes, des rails qui s'entrecroisent autour de la place d'appel gravillonnée. C'est là, lorsqu'ils sortaient dans le vent qui gelait et restait en suspension dans l'air, sous la pluie obstinée ou la neige lente quand elle n'était pas sale et rapide, qu'ils étaient comptés et recomptés parfois trois heures de suite, tel un troupeau dont le chiffre ne tombait jamais juste. Restait le crématorium et ses dessins sur le mur. Le vide. Parfois, comme un mini-orchestre, quelques pépiements d'oiseaux au-dessus des pelouses… Et sur ce même flanc de colline, entre les arbres qui roussissaient – où le déporté François Le Lionnais, halluciné de fatigue et de faim, expliqua avoir senti l'automne, comme une grande toile de Breughel, venir sur lui et l'accueillir «*comme un hôte*», et du coup songea à s'y évader à la manière d'une fumée –, les trous des portails pour s'enfoncer sous le massif faisaient comme des bouches cariées à la langue ferronnée.

En contrebas de la place, un groupe d'Italiens plutôt âgés s'étaient agglomérés autour d'un homme tenant un classeur. De façon discrète, ils avaient fait des selfies devant le panneau «KZ-LAGER DORA-MITTELBAU». Sur le parvis, une poignée de motards aux combinaisons à bandes réfléchissantes fumaient leur cigarette ou terminaient leur café dans des gobelets en carton. Ils paraissaient gênés d'être là, en touristes, sans avoir bien évalué leur visite.

Atmosphère lourde. Aucun sourire, une tension chez chacun. Les conversations se faisaient à voix basse, rapides… D'après ce que j'avais lu, il suffisait de se présenter comme un parent de déporté, et de le prouver, pour obtenir un traitement de faveur. J'hésitai à le faire. Nous glissâmes dans les salles d'exposition, à droite du hall d'entrée. Dans des vitrines, photos et panneaux explicatifs relataient la vie et l'organisation au quotidien. On y trouvait aussi des tenues rayées, des objets cabossés, outils ou petits récipients de fortune, des cartes et des schémas d'effectifs. Sur chacun des clichés, je scrutais les visages charbonneux, les silhouettes, au cas où, avec appréhension.

Après avoir écouté des témoignages enregistrés sur les moniteurs (« À l'intérieur, on ne pouvait ni se réchauffer, ni nous sécher complètement, pas assez de sommeil, pas assez à manger », rappelle l'un des déportés), nous rejoignîmes à l'heure convenue, et mal à l'aise, le tunnel B, le seul ouvert à la visite et sécurisé. Un guide en bonnet et anorak attendait devant, une lampe torche à la main. Sur un axe double, épaulé de dizaines de perpendiculaires d'inégales longueurs, le réseau, marqué de chiffres peints en noir servant à se repérer, plongeait sous la montagne.

Dans la semi-pénombre, une première passerelle traversait les galeries voûtées, gainées par un maillage de filets protecteurs, pour la plupart encombrées d'un fatras de demi-barils et de coques, de restes de fusées et de gravats, et d'un écheveau de ferrailles que le souffle des explosions ultérieures avait pliées et compressées. Plus avant, des éraflures et des trous dans les parois témoignaient des châlits où reposèrent, encagés, les dizaines de milliers d'hommes, grelottants, grouillants de vermine. De l'humidité perlait encore çà et là. La lampe du guide nous détaillait ici, à droite, une redoute pour les kapos, là, des rails, d'autres embranchements… Plus loin, un bassin retenant de l'eau croupie, où surnageaient des formes métalliques, cadavres de machines ou bouts d'échafaudages. Et partout des conduits sombres, des dégagements courts et crayeux, des marches grossières, des paliers sur plusieurs niveaux. Nous étions dans une termitière labyrinthique, démultipliée, où stagnait la poussière pâle et froide…

On était loin des photos léchées et habilement éclairées de Walter Frentz, l'assistant de Leni Riefenstahl. Celui-ci, à la mi-1944, vint à Blizna puis à Dora-Mittelwerk. Son reportage sur pellicule Agfa était destiné au Führer en personne, l'état-major voulant le rassurer sur la production des armes nouvelles. Les clichés très posés montraient alors un lieu aseptisé et high-tech. Au fond de galeries lisses, on apercevait des réservoirs coniques, des moteurs hérissés de tuyères rappelant des tubercules étranges, d'invraisemblables panneaux électroniques, et puis, chargées sur des wagons au moyen de treuils, ces fusées au damier jaune et noir, choyées par lesdits spécialistes déportés. Propres et bien nourris, ceux-là portaient des tenues neuves et semblaient prêter volontiers main-forte aux contremaîtres et ingénieurs allemands.

De quoi calmer les colères de Hitler ! Mais la réalité était tout autre…

Je laissai le groupe s'avancer, et Léria et moi restâmes à la traîne, loin du guide. Tout avait disparu, comme avalé, dans le chaos. Tout était là encore pourtant sous les voûtes froides. Condensé. Compressé. Avec le silence à la place du vacarme des moteurs à essence, du chapelet des explosions, des sirènes aigres, des ordres gueulés dans les haut-parleurs. Aucun mot ne collait plus dans l'haleine du tunnel. Buée de nos respirations. Sans voix sous la terre. Je finis par ramasser un caillou que j'empochai. Au bout de trois quarts d'heure, suffoquant, lâchant le cours de la visite, nous sortîmes pour nous soustraire à ce qui, depuis le début, nous écrasait.

À l'aplomb de l'entrée, un rosier se hissait péniblement vers la lumière. Une plaque gravée mentionnait qu'il avait été planté par des survivants français, en 2007. La variété s'appelait « Barbara », en hommage à l'artiste qui, avec *Göttingen*, avait voulu célébrer la réconciliation.

Nous refluâmes vers la place d'appel, entourée maintenant de plates-bandes couvertes par le cristal du givre. Son vide et son espace étaient restés les mêmes. Ici aussi, ici surtout, quelque chose d'indéfinissable stagnait, qui reculait si l'on voulait le saisir, s'évaporait si l'on était trop près, mais se reconstituait aussitôt, derrière, devant, entre les rails et le crématorium, et planait en un nuage toxique, émanant de la terre, rampant et haletant sous les arbres en lisière, derrière chaque porte : l'irradiation de l'horreur qui, des années après, vous terrassait encore, à votre tour dépossédé et périssable.

Le ciel bas, monotone, affichait son gris affligeant. Une amorce de village, plus bas. Le goût boisé et métallique de l'air. Ce que Paol respirait dans la familiarité de la mort, ce qu'il a vu peut-être, entre deux éreintements, deux accablements.

Les bureaux de la conservation se situaient dans le prolongement d'une cafétéria minimaliste où, sitôt assis, devant un plateau thermomoulé, on regrettait d'avoir voulu se restaurer là. Personne n'osait regarder personne. Parler pour dire quoi ? Ajouter quoi ? Je perdais pied. À l'idée de pousser la porte vitrée, de me présenter au secrétaire, prouver que j'étais un petit-fils de victime, demander à compulser d'autres registres, des archives plus larges, si tant est qu'elles puissent être mises à disposition dans l'heure, fut au-dessus de mes forces. J'avais eu deux échanges de courriers avant de venir, on m'avait notifié déjà qu'ils n'avaient rien de plus que ce que je savais sur le n° 38676... Je flanchai. Saturé de tout ça, noué à l'intérieur depuis trop longtemps, j'étais arrivé à mon tour à la frontière du supportable, comme si, au bord de l'essentiel, la faible lueur des mots disparaissait, le réel devenait un trou. Qu'aurais-je alors *reconnu* de plus ? Et quels autres faits minimes sur les répertoires de cette époque me l'auraient rendu mieux et plus fort ? Tout était devenu glace et distance. Comme dans ce conte où le coffret interdit ne cache qu'un fragment de miroir, sa vérité était ailleurs, mon histoire raccommodée ne le résumerait pas : Paol était surtout ce que je ne savais pas, ce que je ne saurais jamais, n'apprendrais en aucun cas. Allant vers lui, j'avais fait au mieux un peu de chemin vers moi…

Piteux mais soulagés, nous regagnâmes le parking pour reprendre l'Opel « *cosmic grey* » et nous laissâmes le complexe de Dora s'effacer, le Harz, les tunnels, les rails, les fusées cabossées, le squelette du camp et ses baraques, son mutisme.

Sur l'autoroute, le ronronnement du gros moteur me rasséréna. Par bravade, à la première ligne droite de l'autoroute, je poussai la voiture à deux cents kilomètres/heure. Le décor, où quelques flaques de neige luisaient dans les fossés, se rembobinait. Partir ! M'arracher à cette morbide attraction ! Et c'est alors que, par association d'idées, un souvenir enfoui me revint à l'esprit, comme une marque profonde, et que je pus enfin le relire et le comprendre dans sa simplicité et son drame : il s'agissait de cette nuit d'été, en juillet 1969, où, réveillés vers quatre heures du matin par mon père, nous avions quitté notre chambre pour nous avancer mon frère et moi dans nos pyjamas d'enfants, engourdis de sommeil, presque comateux, étonnés par cette grâce qui nous accordait le droit de nous relever de nos lits, et de venir jusqu'au poste de télévision devant lequel, ayant poussé la table basse et bougé les fauteuils du salon que l'heure inhabituelle nous faisait mal reconnaître, ma mère et lui se tenaient debout. « Houston, ici la base de la Tranquillité.

L'Aigle atterrit », avait perlé une voix inconnue. Nous allions être un demi-milliard à scruter ces images émises depuis l'espace, « *first live pictures from Moon* », tour à tour fixes, cotonneuses et brusques comme un rêve, où deux astronautes sautilleraient sur la croûte lunaire, après avoir planté avec des gestes de scaphandriers le drapeau américain… Dans les grésillements de la retransmission, Neil Armstrong déclarerait : « C'est un petit pas pour l'homme, un pas de géant pour l'humanité… » Ça y est, avait soufflé Pierre. On ne pourra jamais oublier, avait acquiescé ma mère. Et en retournant vers notre chambre prise par l'obscurité, cherchant de la main le dosseret du lit qui paraissait avoir changé de place, nous pressentîmes qu'un changement radical d'échelle avait eu lieu, que rien ne serait plus pareil, une autre vérité avait affleuré, nous flottions désormais, obstinés et dérisoires, dans l'immensité noire et vide du cosmos, avec sous nos pieds la rotation grondante de la Terre…

Qui, à ce moment-là, aurait pu nous apprendre que la conquête spatiale était née vingt-cinq ans plus tôt, dans les camps nazis, dont celui de Dora, où les prototypes des lanceurs avaient été mis au point, et où Paol fut prisonnier ? Pierre, sans doute. Mais il n'en avoua rien, nous protégeant de ce qu'il savait, nous épargnant de ce qu'il portait en lui comme une masse d'angoisse noire, faites de beaux rêves, les garçons, on se verra demain, demain où il fera jour, ces phrases rassurantes d'un père aimé qui vous raccompagne sur la margelle de la nuit où l'aube poindrait vite. Dans le halo du téléviseur, parmi les étoiles laiteuses, pourtant, un homme titubait…

Non, décidément, je ne reviendrai jamais dans le Land de Thuringe.

Je n'avais voulu ni prendre de photos ni rien acheter à la mini-librairie dont les volumes racontaient l'histoire du camp. J'avais fait ce qu'il m'avait paru être juste, comme on s'en va sur la mer houleuse chercher son noyé, et qu'on tente de le ramener, sur la grève, à la limite de ses forces. Oui, je dirais à Pierre que j'étais allé en Allemagne, dans le camp aux fusées, que j'avais renoué ce qui avait été avec ce qui était et allait venir, et que sur la place d'appel, dans un vent d'est, entre les collines qui avaient verdi et s'étaient couvertes d'arbres, au pied des derniers baraquements et de quelques fondations dont on relevait au sol la composition de rectangles et de carrés, j'avais récité pour Paol, debout et cette fois seul, la tête vers le ciel, une sorte de prière des morts, et que tout avait été prononcé, son nom breton de forêt et d'étang, celui de ses fils, de ses petits-enfants, et cela m'avait consolé de la distance, du temps ancien, de ce qui subsistait à peine au milieu de ce qui était perdu, de ce qui avait eu lieu ici, en silence et dans le fracas, ce vers quoi j'étais remonté, et d'apprendre cela aurait peut-être apaisé Pierre à un âge où il faut l'être…

J'avais murmuré à Paol, cet inconnu familier, dans ce qui fut son hiver et sa ruine, que je ne l'oubliais pas, que j'étais venu jusqu'à lui, attentif, accablé aussi, non pas pour le faire renaître mais pour lui rendre un peu de son identité, et, en songeant à la légende du roi Marc'h, que j'irais ensuite déposer sur notre montagne à nous, en Bretagne, ce caillou des galeries du mont Kohnstein. Je lui avais soufflé que, même absent, dans sa tenue de forçat, rongé par la faim et l'angoisse, vacillant sur ses jambes de héron, il était une part de nous, que ses bourreaux ne l'avaient pas entièrement piétiné puisque je savais désormais son itinéraire et son destin. Il avait eu courage et fierté. Et son choix de ne pas céder avait été une liberté, un espoir pour plus grand. Sa vie furtive était en nous, en moi, qui prolongeait son cours. Je la faisais passer.

33

Une fois la production amorcée, il fallut du sang neuf, des bras efficaces pour les fusées de la mort, et les nazis se débarrassèrent des flopées d'inutiles dans des structures adjacentes. Bref, tous ceux qui ne travaillaient plus, incapables de tenir l'épouvantable *Schicht* de douze heures, furent déplacés, redistribués. De Dora, des transports évacuèrent les épuisés, les malades, les blessés, ceux aussi que l'on surnommait les « musulmans » (des hommes recroquevillés, collés aux murs, ne répondant plus, choqués, détruits), dont la plupart étaient tuberculeux. Mille à chaque fournée : d'abord vers Majdanek en janvier et février 44, puis en mars et avril vers Bergen-Belsen, en Basse-Saxe. D'autres allaient suivre. Personne ne voulait être sur ces listes, leur finalité étant évidente. Paol sera sur celle du 26-27 mars, parmi les deux cents Français du convoi. Dans quel état ?

À Bergen-Belsen, qu'ils ont rejoint en train, à cent soixante-dix kilomètres de là, au nord de Hanovre, ceux qui tiennent debout intègrent les bâtiments proches de l'entrée constituant le camp 1. Ironie des appellations, ce devait être un camp « de repos ». Dans le convoi de mars, où Paol se trouve, on ne comptera, un an plus tard, que cinquante-deux survivants, dont dix-sept Français. Certains, décidément tenaces, seront renvoyés sur Dora !

Bergen-Belsen est surpeuplé. C'est un mouroir où le typhus règne. Les pertes sont énormes, et le crématoire ne parvient plus à tenir la cadence. Des bûchers sont dressés à l'extérieur. Les villageois aux alentours se plaignent des fumées ; les escadrilles alliées peuvent en repérer les lueurs. On creuse des fosses pour dissimuler l'horreur.

Le 8 avril 1944, croyant à un casernement de la Wehrmacht, un avion allié pique en *strafing* sur les baraquements ; ses salves fauchent plusieurs prisonniers et en touchent une trentaine. Un assaut en deux vagues, en pleine journée. La DCA allemande riposte ; l'appareil est abattu. Paol est touché à la jambe gauche. Le déporté Pierre Louboutin, qui ira témoigner pour lui au tribunal de Châteaulin, en 1946, parle d'une blessure le 2 mai 1944 « *lors d'un mitraillage* ». Je n'ai pas trace d'une seconde attaque aérienne le mois suivant. Est-ce une confusion entre le 8 avril et le 2 mai ? Ou un autre raid ? Des médecins, déportés aussi, font leur possible, y compris de rudimentaires opérations chirurgicales. Pour tenter de le sauver, Paol aurait été amputé de son membre déchiqueté. Après guerre, Louboutin affirmera que, faute de soins, son camarade était décédé une dizaine de jours plus tard, ainsi qu'il l'avait appris de la bouche d'un infirmier allemand…

Ce qui me surprend le plus, ce n'est pas la présence d'un soignant allemand, probablement un triangle rouge, un déporté politique, ou que Louboutin se soit soucié de Paol, après tout ils étaient de Kergat et avaient décidé de faire alliance, mais plutôt qu'ils aient pu garder la notion des dates dans ce maelström. Qu'importe ces quelques jours de plus, de moins, puisqu'il était au supplice. Paol se serait éteint le 12 mai, à quarante-neuf ans.

34

Ou plutôt non, il rêve. Lafotier a garé l'automobile qui chauffe sur le bas-côté, baissé le pare-brise amovible, ouvert le capot, et allumé une cigarette en soupirant au-dessus du moteur qui a souffert. Ils sont loin d'être arrivés à Can Tho. Dieu qu'il fait chaud en cette fin d'après-midi ! Un bras du Mékong coule, impassible, derrière un rideau d'arbres et de lianes. Dans une zone marécageuse tournent quelques alevins que la lumière accroche.

Son passager a fini par descendre. Devant lui, le damier des rizières se déploie, ponctué de bosquets malingres, des aréquiers, deux figuiers. Le tout vient buter au pied d'un mamelon herbu où, à mi-pente, se dresse un temple rouge.

N'écoutant pas ce que lui crie Lafotier, Paol s'avance, saute le talus, tâte d'une botte la diguette puis s'y risque, bras écartés, funambule sur son fil, riant comme un gosse. Il a encore ses deux jambes, celles de sa jeunesse, de l'infanterie. Devant lui, les margelles de terre fuient en s'entrecroisant, délimitant des rectangles, des triangles, parfois des formes oblongues, en quinconce, couleur mica. De l'eau affleure dans les rizières.

Son regard s'étant habitué à la réverbération, ce qu'il a pris de loin pour des rochers se révèle être des buffles. Lorsqu'il approche, les bêtes, souvent promptes à charger un inconnu, lèvent leur mufle puis le replongent, dédaigneuses, dans la boue. Assise à gauche, une fillette portant un chapeau conique en paille fait sa sieste. D'abord, elle ne se doute de rien, mais quelque chose la réveille en sursaut. À la vue du Français, elle tressaille. Celui-ci lui adresse un geste et s'écarte.

Adossé à la colline, le temple se découpe sur une frange de figuiers, sa porte paraît laquée tellement elle a été usée par des mains et des lèvres. Un anneau en cuivre sert de fermoir. L'édifice semble non pas abandonné mais désert. En surplomb, l'à-plat des rizières distille son calme extraordinaire.

Il se retourne pour regarder la voiture et Lafotier. Celui-ci, clope au bec, s'énerve du jet de vapeur fusant du radiateur avec un sifflement obstiné. C'est idiot ! Pas question de rester coincés sur la piste ! Il y a des maraudeurs, le prochain poste est éloigné, deux Blancs désarmés feraient, la nuit, une proie facile… Mais l'épisode lui paraît négligeable. Le soleil a décliné dans le papier crépon du ciel. Le troupeau de buffles s'ébroue. Le fleuve exhale. La gardienne s'est levée ; un bras contre son front en sueur, yeux plissés, deux fentes, elle lui désigne de l'autre le temple rouge, semblant lui adresser l'ordre qu'il espérait : là, regarde, pour toi, va !

Sans réfléchir, Paol gagne le terre-plein où il macule ses chaussures, pousse la porte devant lui qui n'est pas fermée, semble même irréelle sous sa poussée, sans attaches, et puis il avance sur le sable ratissé, entre les paniers d'offrandes, les calicots ornés de caractères, et les fruits dans des coupelles. Un objet roule sous son pied. Le son monte… C'est alors qu'il se réveille, aperçoit de nouveau les murs lépreux, ses camarades en hardes entassés là, au *Revier*, mais il parvient tout de même à se rendormir, fiévreux, à rattraper une part de son rêve, et lorsqu'un des chiens grogne dans la cour indochinoise où il est revenu (un bonze invisible, muni d'un fagot de branches sèches, en nettoie l'esplanade, et le frottement répété le guide dans son sommeil haché), il gravit sans effort les marches, gagne l'auvent, puis, devant la statue, les lattes souples sous ses pieds accentuant l'impression d'apesanteur, il a encore trois secondes de répit jusqu'à ce que quelque chose vienne à céder en lui, et se portant au-devant de ce qui se dégage, s'ouvre enfin, oubliant l'Allemagne, le camp puant, son bat-flanc, il franchit le rideau des calicots pour entrevoir dans la transparence du soir la colline, cette colline vibrante et tiède, accueilli alors par son grésillement souverain, il vient de mourir…

35

Marin-pêcheur de Douarnenez, Pierre Louboutin n'a que vingt-deux ans et il a pu trouver en lui, au printemps 1944, un reliquat de forces. D'après mes recherches, ce garçon a été déporté en janvier 44, et il porte le matricule 42396 (convoi 42000). Il est passé par Compiègne, Buchenwald, Dora et Ellrich. Il ne doit pas être en bonne condition physique puisqu'il a été évacué au camp « de repos » de Bergen-Belsen, mais il survivra au typhus, à la dysenterie, à la dénutrition, à la schlague, aux marches de la mort, quand il fallait, comme l'écrira Maurice Druon, « *retenir son âme avec ses dents* ».

Une fois le camp libéré en avril 1945, un an plus tard, par les blindés britanniques, il rentrera en Bretagne. Grâce à ce « *camarade de captivité* », l'acte de décès de Paol pourra être rédigé en 1946, et ses derniers moments connus – c'est ce document de mairie que j'avais pu récupérer à Plomodiern.

Dans l'annuaire, quelques abonnés répondaient à ce patronyme. Neuf résidaient en Bretagne.

J'avais composé les numéros, un à un, une tentative par jour, en laissant s'il le fallait un message sur le répondeur, pour tenter de retrouver celui qui avait été auprès de Paol (mais je m'y étais pris trop tard car, s'il avait survécu, il aurait été un très vieil homme, il n'y avait qu'une dizaine de survivants de Dora) ou, à tout le moins, parler à l'un de ses parents. À chaque fois, au bout du fil, mon interlocuteur se montrait surpris. Dans un premier réflexe, il supposait que je le contactais pour une question de généalogie, un héritage ou de gros ennuis, puis il se ravisait, non, une erreur, un homonyme, désolé, pas de temps à me consacrer. Les années avaient fait leur travail d'oubli et de confusion ; on m'expédiait sitôt la méprise découverte ; parler des camps, ce n'était pas un sujet à développer au téléphone.

Neuf Pierre Louboutin, donc, mais pour qui ça ne « correspondait » pas.

« Déporté ? L'Allemagne ? De quoi s'agit-il ? »

« Souvent, on nous appelle à cause du couturier, Christian Louboutin, les chaussures, le luxe quoi, mais là… Cela dit, on n'a jamais eu de réduction. Vous êtes de la famille ? »

« Je ne comprends pas l'objet de votre appel, monsieur… Vous êtes notaire ?… Non, rien à voir, je suis né en 1964… »

« Pierre ? Mon mari n'a jamais été déporté mais il a connu la guerre, enfant. Il m'a parlé des bombardements, des sirènes d'alerte. Encore maintenant, le premier mercredi du mois, ça lui donne la chair de poule… On ne doit pas parler du même. Il peut vous rappeler en fin de soirée si vous… »

« Écoutez, mon frère aurait pu vous raconter, mais il avait le cœur fragile, il est mort il y a deux ans à la Cavale-Blanche, sur Brest, il a été pêcheur, mais ça rapportait plus… Vous êtes sûr de ne pas vous tromper ? »

Je raccrochais, dépité.

Je n'avais pas pu remercier ce gars à travers le temps, serrer sa main libre qui avait serré la sienne, celle de Paol, prisonnière.

36

Une lettre toute simple, blanche et rectangulaire, était arrivée ce matin-là, sans crier gare, dans ma boîte. Après la parution de l'un de mes précédents livres, j'avais donné une interview au magazine *Bretons*, évoquant l'histoire de ma famille brestoise, et l'un des lecteurs m'écrivait. Ses premiers mots me firent l'effet d'un coup de tonnerre. Je dus m'asseoir. L'auteur du courrier avait quatre-vingt-deux ans, Yves J…, il vivait en Bretagne, il avait hérité d'une maison de famille à Plomodiern et, durant la guerre, sa mère avait été la secrétaire de Paol aux Chantiers de Bretagne au moment où l'entreprise de BTP avait été, comme beaucoup d'autres, utilisée ou réquisitionnée par l'Organisation Todt.

Un numéro de fixe était joint, il m'invitait à l'appeler si je le souhaitais. Je le fis le soir même.

Je compris tout de suite par deux ou trois questions précises qu'il n'affabulait pas, il me détailla alors ce que sa mère, Yvonne, pour l'avoir vécu en

1943, lui avait raconté durant son adolescence, tant ces moments l'avaient traumatisée, elle-même était si jeune : l'altercation entre Paol et un Alsacien, interprète de l'Organisation – « Tu es plus boche que les Boches », lui avait crié Paol –, puis le licenciement houleux de l'employé qui s'en était suivi, l'arrestation de mon grand-père dans les jours d'après, comme en répercussion, à Plomodiern, rue de Leskuz, une partie de la villa servant de bureau. À ce moment-là, derrière la porte, Yvonne avait entendu de nouveau des éclats de voix, et Paol était revenu dans la pièce lambrissée prendre sa veste au dos de la chaise. « Je suis arrêté », avait-il murmuré, blême. Une voiture de la Gestapo l'avait emmené. C'était tout. La scène traumatique n'avait rien à voir avec celle que j'avais cent fois échafaudée, ni violence ni précipitation, juste cette détermination froide des inspecteurs, un mécanisme policier qui s'enclenchait, inexorable, et l'emmènerait jusqu'en Allemagne... Mais sa mère s'était remémoré si souvent celle-ci qu'il lui semblait, lui, Yves, l'avoir vécue à son tour, et qu'à l'évoquer maintenant au téléphone, presque devant moi, son petit-fils, le trouble le gagnait de nouveau, une émotion, un malaise, il percevait aussi mon désir autant que ma crainte d'apprendre la vérité, c'était comme s'il me passait un secret, un secret éventé, un secret quand même, et qu'il l'avait gardé pour lui, durant des années jusqu'à moi, cette scène finale où sa mère avait vu Paol libre encore, affable et consciencieux, puis trois minutes après menotté, trahi et accusé.

Enfin, il m'avait appris l'essentiel, peu mais tout de même, le mieux aurait été que je vienne le rencontrer, n'est-ce pas, il avait déménagé mais qu'importe, il puiserait alors des choses au fond de sa mémoire, par association d'idées, voilà, je lui apporterais des photos et il me montrerait les siennes, un jardin, des silhouettes bougées sur un perron, et le visage de sa mère dans un cadre ovale et doré, et d'ici là il allait m'envoyer des bulletins de paie des Chantiers, paraphés d'une signature illisible, avec un peu de chance celle de Paol...

Il me donna le nom de l'interprète en question, Victor G..., que la justice pour d'autres méfaits condamnerait au tribunal de Versailles, en 1946. Il me lut aussi une coupure de presse concernant ce procès, sa mère ayant été témoigner contre l'Alsacien. Oui, c'était bien Victor G... qui avait dénoncé Paol, par vengeance, fou furieux, s'estimant viré par lui et par personne d'autre, laissant entendre que, vu ses positions anti-allemandes affichées, Paol devait travailler pour la Résistance ou y entretenir de solides relations, ce en quoi il ne se trompait pas. Tous les efforts pour l'extirper des geôles de Pontaniou n'auront servi à rien, pas même l'audience de ma grand-mère, Jeanne, en octobre 1943, auprès du chef de la Gestapo, à Brest, accompagnée par Victor G..., comme cet incroyable document aux archives de Caen devait le révéler. Toutefois, après s'être rétracté par remords, l'interprète de la Todt maintiendrait son accusation suite à un entretien en tête à tête avec l'officier allemand. Il craignait pour sa sécurité, coupable de faux témoignage ; Paol ne s'en sortirait pas.

Mais, alors que notre conversation se terminait, Yves me dit encore se rappeler, il avait huit ou neuf ans, une fête dans l'une des villas jumelles de Plomodiern, celle de droite ou de gauche, c'était flou, il ne savait plus, mais sans doute pour un anniversaire, peut-être celui de Pierre, Pierre dont il ne se souvenait pas, qu'importe, en tout cas quelque chose de joyeux et de festif, et du monsieur qui était là, sur une estrade improvisée, pour l'occasion costumé et grimé en magicien, fantasque, drôle, qui enchaînait des tours de prestidigitation ou d'illusionnisme pour le plaisir des enfants invités, tours qui l'avaient bluffé sur le moment, et fait pressentir, comme il le formula avec cette fois de la reconnaissance dans la voix, presque de la surprise et du ravissement, que la vie était plus large que ce jardinet, ces champs et ces landes battues, avec la mer bègue sous le ciel terne, qu'elle pouvait être aussi généreuse, aimantée par-delà haies et clôtures…

Je sus alors que ce magicien-là était mon grand-père.

37

Ayant finalement adressé à ma famille le dossier de mes recherches, y insérant le dernier témoignage venu de Plomodiern, je reçus en retour de la part de mon père un courrier avec ses souvenirs, auquel s'ajoutaient les photocopies de trois attestations, à l'évidence collectées pour l'administration par ma grand-mère Jeanne, attestations ayant eu pour but d'obtenir pour Paol, après guerre, la mention honorifique de « Mort pour la France ». Avec succès. Une piste que, bizarrement, je n'avais pas pensé à creuser…

Datées de 1946 et de 1949, frappées des tampons des Forces françaises de l'intérieur (FFI) et de la Résistance, tapées sur d'antiques machines à écrire, dans une mise en page à la fois sévère et fruste, ces attestations certifiaient que Paol, dès mars 1943, au grade de lieutenant, avait été des leurs et, affilié au mouvement Libération-Nord, en charge de la fabrication de faux papiers pour les réfractaires au STO. Elles étaient signées par le commandant de la

3e compagnie « Menez-Hom » des FFI, dite « bataillon de la presqu'île », Yves Favennec, par le chef des FFI pour le Finistère, le lieutenant-colonel Roger Bourrières, alias Berthaud, enfin par le général de division, responsable pour l'état-major de la IIIe région militaire (nom illisible).

Il y avait aussi, cette fois datant de 1943, une fiche cartonnée de couleur crème annonçant, du camp de Compiègne-Royallieu, le départ de Paol pour l'Allemagne. La formule préimprimée stipulait qu'il était inutile d'envoyer des colis de vivres au prisonnier avant d'en apprendre plus, d'ailleurs le dernier envoi leur était revenu, pourri…

Ainsi que je me l'étais promis, j'avais été alors déposer au Menez-Hom, montant à son sommet, la pierre rapportée de Dora. Symboliquement, mon grand-père était rentré chez nous, au pays du roi Marc'h. Sa presqu'île s'étirait sous un ciel gris perle. Le printemps mordillait l'hiver. Et ça ressemblait, dans la fragilité de l'air, à de l'apaisement. Comme un début de marée haute.

Alors cet été-là, revenu à Kergat, j'avais marché vers la grotte Absinthe, celle qui nous plaisait tant, sans doute parce qu'elle était isolée et dangereuse, parce qu'elle était comme un cadeau, j'avais pris le sentier du fort, descendu l'à-pic entre les brassées de fougères pour gagner les rochers de la pointe et, là, laissant mon sac et ma serviette de bain pliée dans un creux, j'avais plongé, gagnant en une centaine de brasses la cavité sur la droite, profitant, comme Paol jadis l'avait appris de son père, comme Pierre me l'avait montré ensuite puisqu'il y allait avec Ronan, du flux des vagues pour rejoindre les entrailles de grès armoricain, l'une plus forte que l'autre me portant d'une unique poussée à l'intérieur, et m'y faisant tourner, et là, accroché à la paroi du fond, calé sur une sorte de margelle immergée, j'avais regardé durant quelques minutes l'eau de la mer pénétrer et sortir, enfler et puis décliner, ronde, bleu-vert et bulleuse, monter vers moi de sa grosse respiration éclaboussante, m'avaler jusqu'au cou et puis redescendre jusqu'à mon ventre, le mouvement se répétant sans effort et sans hâte, et, dans la semi-pénombre où brasillaient galets et reflets, au-dessus de ce tapis mouvant, je crois avoir entendu sous la voûte amande et jaune les voix et l'écho rieur des autres baigneurs venus ici avant moi, des autres et des miens qui étaient là, encore, et nageaient souplement, et faisaient la ronde, ils ne craignaient rien…

Postface

Ce récit tient du roman. Certaines scènes, impossibles à connaître faute de témoins, ont été recomposées, parfois à partir de minces indices, et cousues à la trame générale. D'autres séquences m'ont paru nécessaires même si je les ai supposées, interprétées ou imaginées. Enfin, la plupart des noms et plusieurs lieux ont été modifiés ou floutés. Cette tentative de reconstitution, sur une base pourtant patiemment documentée, garde donc sa part de fiction, et je la revendique… Il n'empêche que chacune de ces pages s'est écrite au plus près d'un homme disparu dans la tourmente de la Seconde Guerre mondiale. Elles constituent le destin de mon grand-père, des siens, des nôtres. En dépit de sa fin tragique, il s'est agi pour moi de lui rendre, par-delà silence et oubli, un peu de sa vie forte et fragile.

J.-L.C.

DU MÊME AUTEUR :

AUX ÉDITIONS STOCK

Fortune de mer, 2015 ; Le Livre de Poche, 2017
Mes pas vont ailleurs (Segalen), 2017 ; Le Livre de Poche, 2019

AUX ÉDITIONS GRASSET

Villa Zaouche, 1994
Tout est factice, 1995
Mission au Paraguay, 1996 ; La Petite Vermillon, 2009
Le Fils du fakir, 1998 ; Le Livre de Poche, 2001
Je suis dans les mers du Sud (Gauguin), 2001 ; Le Livre de Poche, 2013
La Consolation des voyages, 2004 ; Le Livre de Poche, 2006
Il faut se quitter déjà, 2008 ; Le Livre de Poche, 2009
Le Dernier Roi d'Angkor, 2010 ; Le Livre de Poche, 2011
Nouilles froides à Pyongyang, 2013 ; Le Livre de Poche, 2014

Au Dilettante

Zone tropicale, 1988
Triste sire, 1992
Suite indochinoise, 1999 ; La Petite Vermillon, 2008
Le Gouverneur d'Antipodia, 2012 ; J'ai lu, 2019 ; Le Livre de Poche, 2021

PAPIER À BASE DE FIBRES CERTIFIÉES

Le Livre de Poche s'engage pour l'environnement en réduisant l'empreinte carbone de ses livres. Celle de cet exemplaire est de :
200 g éq. CO_2
Rendez-vous sur
www.livredepoche-durable.fr

Composition réalisée par MAURY-IMPRIMEUR

Achevé d'imprimer en France par
CPI BRODARD & TAUPIN (72200 La Flèche)
en août 2021
N° d'impression : 3044442
Dépôt légal 1re publication : août 2021
LIBRAIRIE GÉNÉRALE FRANÇAISE
21, rue du Montparnasse – 75298 Paris Cedex 06

16/5254/3